GIRLS SECRETS!

Alles, was Mädchen wissen sollten, bevor Sie 18 werden.

Michelle Wolf

Ein ganzes Buch – nur für dich!

Empfindest du dein Leben so kurz vor dem Erwachsensein, als wäre es ziemlich verrückt? Ein verwirrender Zustand, der aber auch beflügelnd sein kann …

Du stehst vor vielen wichtigen Entscheidungen, vieles verändert sich und du versuchst, dich selbst zu finden und einen Platz im Leben einzunehmen. Auch deine Freunde verändern sich. Freundschaften können daran zerbrechen oder aber intensiver werden. Vielleicht gab es auch schon die erste große Liebe und womöglich Liebeskummer, um den du gar nicht gebeten hast. Deine Gefühle fahren Achterbahn: An einem Tag ist alles wunderbar und am nächsten nimmt ein neues Drama volle Fahrt auf. All die neuen Erfahrungen sind neben deinem Alltag, dem Lernen und beruflichen Zukunftsentscheidungen ein bisschen viel. Du schwankst vielleicht zwischen Vorfreude und Angst, zwischen Abenteuerlust und völliger Überforderung. Aber das gehört zum Erwachsenwerden dazu. Du darfst überfordert oder launisch; und vor allem darfst du selbst verrückt sein!

Dieses Buch soll für dich so etwas wie eine beste Freundin sein. Eine Vertraute, die dir Fragen beantwortet, die dich beschäftigen, dich aufbaut, wenn du es brauchst, und dir dabei hilft, dich selbst besser kennenzulernen. Ich, deine Freundin und Vertraute, antworte auf Fragen, bei denen du dich vielleicht nicht traust, sie deinen Eltern oder Freunden zu stellen. Ich habe Tipps und Tricks für dich, wie du deinen Alltag gechillter gestalten kannst – jetzt und in Zukunft. Es geht um die vielen kleinen Details, um die sich dein Leben gerade dreht: Körper, sexuelle Identität, Freundschaft und Beziehung, Selbstverwirklichung, Beruf, Finanzen, Umgang mit Social Media …

Freue dich auf das Leben mit all seinen unglaublich spannenden Facetten! Sei frei, wild und bunt!

Inhaltsverzeichnis

Sei du selbst!

Wie finde ich heraus, wer ich bin?

Die Welt, so wie sie heute ist, bietet unendlich viele Möglichkeiten, sich immer wieder neu zu definieren. Wir haben nahezu völlig freie Wahl, was Beruf, Hobbies, Partnerschaften, Aussehen etc. betrifft. Das ist großartig; aber das Doofe daran ist, dass genau das total überfordernd sein kann. Wie soll man so herausfinden, wer man wirklich ist?

Viele Experten der Psychologie, Philosophie und Theologie versuchen seit Hunderten von Jahren, diese Frage zu beantworten. Und weißt du was? Sie haben bis zum heutigen Tag keine allgemeingültige Antwort gefunden. Denn nur du selbst kannst dir diese Frage beantworten. Das gelingt, indem du dich intensiv mit dir selbst auseinandersetzt. Denke darüber nach, was deine Wünsche, Ziele, Überzeugungen und Bedürfnisse sind. Wovon träumst du und welche Möglichkeiten hast du, das zu verwirklichen? Einfach mal alles auszuprobieren, worauf du gerade Lust hast, kann sehr hilfreich sein, um das herauszufinden. Durch solche Fragen kommst du deinem Inneren, dem Kern deiner Persönlichkeit, immer näher.

Jeder Mensch ist anders und einzigartig, auch du! Wenn du also wissen möchtest, wer du bist und was dich ausmacht bzw. besonders macht, dann fange jetzt an, Fragen wie diese Schritt für Schritt zu beantworten. Nimm dir Zeit und mache dir Notizen, die du immer wieder ergänzen kannst. Denke auch über deine Stärken und Schwächen nach, formuliere deine Prioritäten und Meinungen. So etwas aufzuschreiben, mag schwerfallen, aber es hilft dabei, dir deine Wahrnehmung von dir selbst immer wieder bewusst zu machen und neu zu überdenken.

Die Antwort auf die Frage, wer du bist, kommt nicht über Nacht und ist auch nicht in Stein gemeißelt. Deine Entwicklung ist ein immerwährender Prozess, und so kann auch die Antwort immer wieder anders lauten.

Wie finde ich heraus, was ich will?

Diese Frage beschäftigt viele Menschen ihr ganzes Leben lang. Sie suchen und suchen, fühlen angesichts der vielen Möglichkeiten die Qual der Wahl und sind sich doch immer wieder unsicher. Dabei gibt es wertvolle Techniken, um das Chaos zu ordnen, und diese werde ich dir im Folgenden erklären. Sie können dir als ständige Wegbegleiter dienen und dir immer wieder auf die Sprünge helfen.

○ Selbstbeobachtung

Finde heraus, was du gut kannst. Wenn du deine Fähigkeiten und Stärken kennst, fällt es dir auch leichter, herauszufinden, was du willst.

○ Die Geld-spielt-keine-Rolle-Methode

Wenn es darum geht, den eigenen Willen zu erkennen, blockiert uns häufig der Gedanke: „Aber ich habe doch kein Geld, um das zu machen!“ Man fühlt sich unangenehm dabei und schließt daraus, dass es nicht das ist, was man will. Aber es gibt sehr viele Menschen, die aus nichts Großes geschaffen haben, weil sie dabei immer ein klares Ziel vor Augen hatten. Das kannst du auch! Stell dir also vor, dass Geld keine Rolle spielt und beobachte, was dir dann in den Sinn kommt.

○ Dem Willen auf der Spur – Brainstorming

Teil 1 (Ideenfindung): Um zu deiner persönlichen Auswahl unter den vielen Möglichkeiten, dein Leben zu gestalten, zu kommen, ist es nötig, sich diese erstmal bewusst zu machen und zu sammeln. Beim Brainstorming schreibst du alles auf, was dir bei der Frage „Was will ich?" in den Sinn kommt. Ohne darüber nachzudenken, ob das überhaupt geht, und ohne es zu bewerten. Einfach drauflosschreiben, ca. 15 bis 30 Minuten lang. Das funktioniert allein, aber du kannst es auch mit einer Freundin oder mit deiner ganzen Clique machen, so kommen noch mehr Ideen zusammen.

Teil 2 (Ideenbewertung): In der nächsten Phase des Brainstormings geht es darum, jede einzelne Idee zu bewerten: Ist sie machbar? Wie ist sie umsetzbar? Wie fühle ich mich dabei, wenn ich darüber nachdenke? Kann ich mich damit wirklich identifizieren? Dabei kannst du Ideen auch wieder verwerfen und am Ende hast du eine kleine Liste an „Ich-will-Dingen", die du weiter ausbauen kannst.

○ Entscheiden leicht gemacht

Erfahrungsaustausch: Mit anderen zu sprechen und sie nach ihren Erfahrungen zu einer bestimmten Sache zu fragen, kann dabei helfen, sich zu entscheiden, und du bekommst vielleicht wertvolle Tipps zur Umsetzung.

Entscheidung in mehreren Schritten: Wenn du eine Entscheidung gefällt hast, spüre in dich hinein, wie du dich dabei fühlst. Wenn dir ein Stein vom Herzen fällt, weißt du, dass du das willst. Du hast vielleicht Bammel, aber das gehört dazu. Wenn du eher enttäuscht bist und dich über deine Entscheidung ärgerst, dann war es vielleicht doch nicht das, was du wirklich willst. Und weißt du, was du dann machst? Du entscheidest dich einfach noch mal um.

◯ Will ich das wirklich? Tipps zur Überprüfung

Augen zu und durch: Der direkteste Weg zur Umsetzung ist, etwas einfach auszuprobieren, also ins kalte Wasser zu springen. Höre anschließend in dich hinein, wie du dich dabei gefühlt hast. Das funktioniert vor allem bei schnell umzusetzenden Dingen sehr gut.

Probieren geht über Studieren: Wenn es um schwerwiegendere Entscheidungen wie etwa Berufswahl geht, gibt es die Möglichkeit des Ausprobierens. In manchen Bundesländern ist beispielsweise ein Schülerbetriebspraktikum in den Lehrplänen verankert. Aber du kannst auch nach der Schule jederzeit Praktika zur Orientierung absolvieren. So kannst du ausprobieren, ob dir deine Idee gefällt. Und wenn du zum Beispiel in eine andere Stadt ziehen willst, dir aber unsicher bist, dann kannst du zwei Fliegen mit einer Klappe schlagen: Suche dir ein Praktikum in einer anderen Stadt. Lebe dort für ein paar Monate und spüre in dich hinein, ob du dich dabei wohlfühlst und es dir auch für längerfristig vorstellen kannst.

Wie bekomme ich mehr Selbstbewusstsein?

Gute Frage, denn gerade beim weiblichen Geschlecht tragen entsprechende Klischees und althergebrachte Erwartungshaltungen dazu bei, am Selbstbewusstsein zu nagen. Nach wie vor wird unsere Welt von Männern dominiert.

Selbstbewusstsein ist das Vertrauen in dich selbst, deine Fähigkeiten, deine Eigenschaften und dein Urteilsvermögen. Es bedeutet auch, dass du deinen Wert kennst, dich traust, Neues zu probieren und für dich selbst einzustehen.

Das Bild, das wir von uns selbst haben, wird in unserer Kindheit vor allem durch die Familie, aber auch durch unsere Umwelt und das, was wir erleben, geprägt. Und nicht nur das, was Eltern geben bzw. vorleben, ist dabei wichtig, sondern auch, welche Wertschätzung wir uns später selbst schenken.

Selbstbewusstsein kann trainiert werden. Es ist wichtig, gezielt positive Erfahrungen zu sammeln und diese bewusst wahrzunehmen, egal wie klein und nichtig sie zunächst erscheinen. Hilfreich ist es auch, sich auf die Suche nach negativen Glaubenssätzen zu machen. Dabei handelt es sich um subjektive Überzeugungen über sich selbst, die in der Vergangenheit abgespeichert wurden und unbewusst weiterwirken. Wenn beispielsweise deine Eltern häufiger zu dir gesagt haben „Du bist so schusselig!", dann denkst du das irgendwann auch selbst und betrachtest es als eine unveränderbare Eigenschaft von dir, was sich nicht gut auf dein Selbstvertrauen auswirkt. Mach dich auf die Suche nach diesen negativen Glaubenssätzen, indem du deine Gedankengänge beobachtest, und widerlege sie.

Viele weitere Maßnahmen können das Selbstbewusstsein stärken: Sport, Veränderung der Körperhaltung (Power Posing), Entspannungstechniken, Meditation, Resilienztraining, positive Affirmationen, Yoga, ... Probiere aus, was für dich am besten passt.

Wie finde ich meinen Platz?

Stehst du kurz vorm Abitur und hast keine Ahnung, wie es weitergehen soll? Oder du weißt eigentlich, was du willst, traust dich aber nicht so richtig? Damit bist du nicht allein! Ich glaube, so geht es den meisten in deinem Alter. Auch wenn um dich herum jeder voll sortiert und selbstsicher wirkt – die allermeisten sind es nicht!

Sprich deine Freunde darauf an und tauscht euch über eure Gedanken aus. Dadurch bekommst du Ideen und kannst beruhigt feststellen, dass auch die anderen teilweise keinen Plan haben. Es geht gar nicht darum, jetzt und sofort das Richtige zu finden. Du kannst auch erstmal ausprobieren und deine Meinung wieder ändern. Irgendwo da draußen gibt es auf jeden Fall einen Platz für dich – und der wartet geduldig so lange, bis du ihn findest!

Wenn es soweit ist, wirst du das ganz klar spüren. Also lehne dich zurück, sei offen für Neues, vertraue und lebe mutig dein Leben.

Wie lerne ich, mich selbst zu lieben?

Es ist wichtig, sich selbst zu lieben und so anzunehmen, wie man ist ... das hast auch du wahrscheinlich schon oft gehört und innerlich gestöhnt. Alle tun so, als wäre das ganz leicht. Aber die Wahrheit ist: Das ist für keinen leicht und die wenigsten tun es.

Eine Ursache hierfür ist, dass uns in der Werbung, in Magazinen, im Fernsehen und ganz besonders auf Social-Media-Kanälen ein Idealbild präsentiert wird, das stark vom realen Durchschnittsmenschen abweicht: perfekte Menschen, top gestylt, offensichtlich glücklich und ein traumhaftes Leben führend. Und was dann passiert, ist fatal. Wir vergleichen uns damit und stellen unser eigenes Leben in Frage; werten es womöglich ab. Wir vergessen, dass das, was wir gesehen haben, nicht der Realität entspricht. Von Selbstliebe also keine Spur.

Was du dagegen unternehmen kannst? Als erstes solltest du aufhören, dich mit anderen zu vergleichen. Denn du bist du und das ist perfekt! Wenn dich vermeintlich perfekte Menschen stressen, distanziere dich von ihnen. Schau dir den unglaublich augenöffnenden Dokumentarfilm „Das Dilemma mit den sozialen Medien“ an und gehe zu einem kontrollierten Konsum von sozialen Medien über. Oder verzichte ganz darauf. Beobachte deine Reaktionen und kicke alles raus, was dir nicht guttut.

Hilfreich ist es auch, wenn du deine Komfortzone immer wieder verlässt und etwas machst, was du dich nicht ohne Weiteres traust. Nimm zunächst kleine Herausforderungen an und meistere sie, indem du dein ganzes Herzblut hineingibst. Das Wichtigste dabei ist, nicht darüber nachzugrübeln, was andere über dich denken. Das Gefühl, wenn du es geschafft hast, trägt dazu bei, dass du dir selbst auf die Schultern klopfen kannst und dich selbst wertschätzt. Das ist ein Teil von Selbstliebe.

Zur Selbstliebe gehört auch, dass du Grenzen setzt. Wenn du anderen zuliebe zu allem „Ja“ sagst, machst du es über kurz oder lang nur den anderen recht und du selbst bleibst auf der Strecke. Du darfst immer „Nein“ sagen, auch ohne Begründung.

Nimm dir jeden Tag mindestens eine halbe Stunde Zeit nur für dich und tu das, was du gerade brauchst. Integriere dieses Ritual in deinen Alltag. Höre auf deinen Körper und deine Gefühle und behandle dich liebevoll.

Sei dir selbst deine beste Freundin. Höre dir zu, tröste dich, wenn du traurig bist, zeige Verständnis, wenn du einen Fehler gemacht hast, und führe dir deine Stärken vor Augen, statt deine Schwächen.

Wie finde ich meinen eigenen Style?

Kleider machen Leute. Das stimmt. Die Kleidung hat eine starke Außenwirkung, die beeinflusst, wie dich andere Menschen wahrnehmen. Was aber viel wichtiger ist: Sie hat auch eine Wirkung nach innen, also darauf, wie du dich fühlst. Du kennst das sicher: Wenn du beispielsweise ein Shirt trägst, dass dir inzwischen zu klein geworden ist, dann fühlst du dich einfach nicht wohl darin.

Wenn du auf der Suche nach deinem eigenen Style bist, dann kommt es nicht unbedingt darauf an, welche Mode aktuell in ist. Sie verändert sich sowieso ständig, genau wie du. Viel wichtiger ist, was zu dir passt.

Um deinen eigenen Style zu finden, geh auf Shoppingtour. Sei mutig und probiere auch Sachen an, die du auf den ersten Blick unmöglich findest. Wähle auch mal Farben, die nicht zu deinen Lieblingsfarben zählen. Achte darauf, wie du dich damit fühlst. Lass deine Gesamterscheinung auf dich wirken, wenn du dich im Spiegel betrachtest. Schau auf deine Augen und auf deine Gesichtsfarbe. Strahlt alles oder wirkst du blass und fahl? Es kann helfen, eine Freundin dabei zu haben oder sich von einer Verkäuferin beraten zu lassen. Aber lass dir nichts aufschwatzen, was bei dir kein hundertprozentig stimmiges Gefühl erzeugt.

Wenn du Lust hast, kannst du auch zu einer Farb-, Typ- und Stilberaterin gehen. Sie wird dir dabei helfen, einen authentischen Style zu finden.

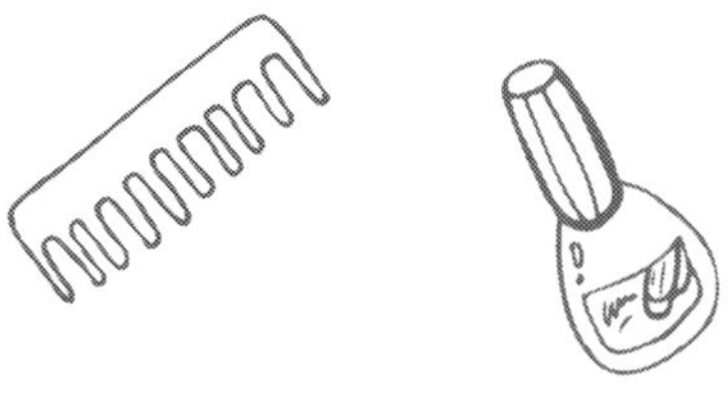

Was tun, wenn alles schiefgeht?

Wer kennt es nicht? Diese Tage, an denen einfach alles schiefläuft. Meist geht es schon am frühen Morgen los und zieht sich dann durch den ganzen Tag. In der Regel winken wir dann ab und wissen, dass die Welt am nächsten Tag wieder ganz anders aussieht.

Manchmal gibt es aber Ereignisse, die einen längerfristig aus der Bahn werfen können, etwa die Trennung vom Freund oder eine Absage von der anvisierten Ausbildungsstelle. Wir empfinden das dann oft als Lebenskrise, vor allem, wenn etwas anders läuft als geplant und daraus große Veränderungen folgen. Es ist aber alles eine Frage der Wahrnehmung. Veränderungen gehören zum Leben dazu und müssen nicht immer gleich mit einer schwerwiegenden Krise gleichgesetzt werden.

Wenn etwas entgegen deinen Erwartungen läuft, dann ist es das Allerwichtigste, nicht dagegen anzukämpfen, sondern es einfach so anzunehmen, wie es ist und das Beste daraus zu machen. Vielleicht kannst du sogar einen Sinn dahinter erkennen. Es kann aber auch sein, dass sich dir dieser erst später erschließt. Oder gar nicht. Wenn du schwierige Zeiten entschlossen durchstehst und es schaffst, aus einer Schieflage etwas Neues zu kreieren, wird dich das stärken.

Gut zu wissen: Jede Krise ist irgendwann vorbei, denn das Leben ist ein dynamischer Prozess. Versuche in schweren Zeiten, deinen Fokus auf die schönen alltäglichen Dinge zu richten. Ich bin sicher, dass es an jedem Tag mindestens einen kleinen Lichtblick gibt. Suche jeden Abend nach dem Highlight des Tages und bedanke dich dafür. Mache dir Fortschritte bewusst und sei stolz darauf. Überlege dir auch, welche Alternativen du hast und verfolge diese.

Und falls du das Gefühl hast, es überhaupt nicht zu schaffen, positiv in die Zukunft zu blicken, dann sprich bitte darüber: mit deinen Eltern, Geschwistern, einem deiner Lehrer oder einer Freundin bzw. einem

Freund. Auch professionelle Hilfe kannst du dir holen. Sich etwas von der Seele zu reden, kann unheimlich hilfreich sein. Es gibt auch einige Seelsorge-Telefone, die dir bei akuten Kriesen helfen können.

Wie kann ich meine Ziele erreichen?

Es ist ein verdammt gutes Gefühl, wenn du etwas erreichst, für das du gearbeitet und gekämpft hat. Vor allem dann, wenn es anfangs fast unerreichbar schien. Das pusht das Selbstbewusstsein. Um ein Ziel zu erreichen, können verschiedene Techniken eingesetzt werden.

Glaube an dich selbst

Wer von vornherein daran glaubt, ein bestimmtes Ziel zu erreichen, wird es auch erreichen. Hier wirkt die sogenannte selbsterfüllende Prophezeiung, bei der es zu einer positiven Rückkopplung zwischen Erwartung und Verhalten kommt.

Imagination

Ganz wichtig ist es auch, dass du dir bildlich vorstellst, wie du dein Ziel erreichst. Unser Gehirn speichert Informationen, die mit einem Bild verknüpft sind, viel besser ab. Das im Unterbewusstsein verankerte Bild wirkt wie ein Treibstoff, wenn es darum geht, die Ziele zu erreichen. Denn das Unterbewusstsein steuert dein Handeln und Denken viel mehr als dein Bewusstsein.

○ Gute Planung ist die halbe Miete

Ein Zeitplan ist ein gutes Instrument, um dein Vorhaben in kleine Teilschritte zu zerlegen. Du kannst dir beispielsweise täglich 3 Aufgaben vornehmen, die du erledigst, um dein Ziel zu erreichen. Plane auch die Art der Schritte, mit denen du dein Ziel am besten erreichen kannst. Hierbei kann es hilfreich sein, sich Gewohnheiten zu eigen machen, die sich als erfolgreich erwiesen haben. Wenn du also beispielsweise in den frühen Morgenstunden am konzentriertesten bist, dann lasse es zu deiner Gewohnheit werden, die Aufgaben zu diesem Zeitpunkt zu erledigen.

○ Rückschläge locker wegstecken

Wichtig ist, dass du dich von kleinen Rückschlägen nicht entmutigen lässt und dranbleibst. Aus Rückschlägen kannst du auch einen Nutzen ziehen: Analysiere, was dazu geführt haben könnte und passe deine Vorgehensweise an.

○ Prioritäten setzen

Auf dem Weg zu deinem Ziel solltest du das Wichtigste zuerst erledigen. Mache dabei aber nicht den Fehler, wichtig und dringend zu verwechseln. Lasse dich von der Zeit nicht unter Druck setzen, sondern konzentriere dich ausschließlich auf deine Prioritäten.

Wenn du deine Ziele erreichst, hat dies einen selbstverstärkenden Effekt auf die Entwicklung von Geduld, Ausdauer und Willensstärke.

Wie trenne ich mich von Menschen, die mir nicht guttun?

Loslassen ist ein Thema, das uns im Leben immer wieder begegnet und das viele Menschen beschäftigt. Es ist oft mit Zukunftsängsten und mangelndem Selbstvertrauen verbunden. Es gibt viele Situationen im Alltag, bei denen Loslassen gefragt ist: Loslassen von Gewohnheiten, Abläufen, Beziehungen usw. Wenn du Menschen loslässt, die dir nicht guttun, kannst du Vergangenes ruhen lassen und unbeschwert in die Zukunft blicken.

Der erste große Schritt ist, zu erkennen, dass dir eine Person nicht guttut. Im zweiten Schritt geht es darum, herauszufinden, warum es dir so schwerfällt, dich von eben dieser Person zu trennen. Oft ist es am Ende gar nicht der Mensch selbst, den wir vermissen würden, sondern die Gewohnheit, dass jemand da ist. Im dritten Schritt geht es darum, dir vorzustellen, was passieren würde, wenn dieser Mensch in deinem Leben keine Rolle mehr spielen würde. Häufig stellt man dabei fest, dass dann gar nichts Schlimmes passieren würde oder es entsteht sogar ein Gefühl der Befreiung. Der vierte Schritt – tatsächlich loszulassen – fällt nach dieser Vorbereitung viel leichter.

In der Theorie klingt so etwas leicht, aber wenn der Prozess des Loslassens beginnt, kann das auch durchaus schmerzhaft sein. Ziehe es trotzdem durch und halte dir immer wieder vor Augen, welche negativen Auswirkungen ein Festhalten haben kann.

Mache dir bewusst, dass dein Leben weitergehen wird und immer wieder Neues und Schönes bringt.

Um Trennungsschmerz zu bewältigen, kann es helfen, die Umgebung zu verändern oder mit anderen zu sprechen, die Ähnliches erlebt haben. Gib dir selbst und dem Prozess Zeit und gib nicht auf. Wenn du das

Gefühl hast, dass du das Loslassen nicht allein schaffst, kannst du dir auch professionelle Hilfe suchen. Das kann dabei unterstützen, neue Prioritäten zu setzen und Klarheit zu gewinnen, wie du dein Leben in der Zukunft gestalten möchtest.

Wie schaffe ich es, positiver zu denken?

Eine positive Grundeinstellung ist die wichtigste Voraussetzung, um langfristig mental gesund und zufrieden zu sein. Viele Menschen neigen dazu, den Fokus auf das Schlechte zu legen. Damit räumt man aber den negativen Gedanken viel Platz ein und lässt zu, dass sie einen schlechten Einfluss auf unser Leben ausüben. Zusätzlich wird dabei oft das Schöne übersehen oder man verlernt sogar komplett, es zu erkennen und wertzuschätzen.

Um eine positive Denkweise zu trainieren, sind Achtsamkeit und Akzeptanz wichtig. Darauf zu achten, was man im ersten Moment über eine Sache denkt, kann mögliche negative Gedanken im Keim ersticken. Es lohnt sich auch nicht, sich über Dinge aufzuregen, die du selbst nicht ändern kannst, denn das bedeutet Stress und raubt dir wichtige Energie. Wenn du Unveränderbares einfach akzeptierst, wirst du mehr inneren Frieden spüren.

Verbinde dich mit positiv denkenden Menschen. So haben Schwarzseher und Nörgler keine Chance, dein positives Mindset ins Wanken zu bringen.

Bevor du drauflos schimpfst, weil etwas nicht so läuft, wie du es möchtest, und womöglich anderen die Schuld in die Schuhe schiebst, halte inne und reflektiere das Geschehene. Lag der Fehler womöglich bei dir selbst? Selbst wenn das nicht der Fall ist, und der Fehler von einer anderen Person verursacht wurde, ist es besser, dies als Chance wahrzunehmen, aus dem Fehler zu lernen. Statt zu grollen, könntest du Dankbarkeit spüren.

Dankbarkeit führt automatisch zu einer gesünderen Einstellung dir selbst gegenüber. Denn sie zeigt dir, wie viel Schönes es auf der Welt gibt. Es wird immer wieder Situationen geben, in denen etwas nicht so schön ist und negativ erscheint. Aber das ist nicht schlimm, denn es zeigt uns das Positive in einem noch viel klarerem Licht.

Es geht immer darum, wie du mit Situationen, die auf den ersten Blick negativ erscheinen, umgehst. Lass dich niemals davon runterziehen.

Wie werde ich eine starke Frau?

Jede von uns ist auf ihre ganz eigene Art und Weise eine starke Frau. Auch dann, wenn wir uns manchmal schwach fühlen. Stärke zeigt sich nicht durch Lautstärke oder körperliche Kraft. Eine starke Frau ist selbstbewusst und akzeptiert sich. So wie sie ist. Natürlich ist Veränderung und Weiterentwicklung auch bei starken Frauen ein Thema, aber grundsätzlich geht es zunächst darum, eine positive Grundeinstellung zu sich selbst zu haben und nicht mit dem zu hadern, was gegeben ist.

Dazu gehört auch, sich Fehler einzugestehen und offen und ehrlich mit anderen und sich selbst umzugehen. Jeder Fehler birgt auch etwas Positives.

Frauen stärken sich gegenseitig, während Männer häufig als Einzelkämpfer auftreten. Wir können uns unterstützen, voneinander lernen und gemeinsam die Welt verändern. Andere starke Frauen können großartige Vorbilder für dich sein. Überlege dir, wen du als Vorbild wählen könntest.

Wie gehe ich mit meinen Fehlern um?

Fehler passieren immer wieder und gehören einfach dazu. Niemand bleibt davon verschont.

Wenn du einen Fehler gemacht hast, solltest du offen dazu stehen – auch wenn es unangenehm ist und der Fehler womöglich Konsequenzen hat. Denn wenn du versuchst, Fehler zu vertuschen oder zu verheimlichen, kann es sein, dass die Situation noch schlimmer wird.

Wenn du zu deinen Fehlern stehst, werden das die Betroffenen positiv sehen und dir vielleicht sogar dabei helfen, den Fehler wieder auszubügeln. Tust du es nicht, verlierst du möglicherweise das Vertrauen deiner Freunde, Familie, Lehrer, Kollegen oder Vorgesetzten.

Sei mutig und denke immer daran: Jeder Mensch macht Fehler!

Catcalling. Wie reagiere ich auf blöde Kommentare?

Catcalling? Das ist eine Form der verbalen sexuellen Belästigung. Gemeint sind anzügliche Sprüche, hinterherpfeifen oder sonstige spezifische Laute im öffentlichen Raum. Viele Mädchen und Frauen sind dem ausgesetzt – und es nervt, ist unverschämt und sexistisch. Leider meinen viele Männer immer noch, dass Catcalling nett gemeinte Komplimente seien ... So ist es aber nicht! Catcalling ist KEIN Kompliment! Wenn Männer oder Jungs dir hinterherpfeifen oder dich zu etwas auffordern, was dir übergriffig erscheint, dann solltest du signalisieren: „Nicht mit mir!" Zu übergriffigen Aussagen können (je nach Kontext) gehören: „Lächle doch mal", „Geile Titten!" oder „Heute schon was vor?".

Mach dir eines klar: Catcalling ist kein Kompliment und egal, wie du aussiehst oder angezogen bist – Catcalling ist nicht deine Schuld, auch wenn das mitunter gern behauptet wird!

Du kannst unterschiedlich auf Catcalling reagieren. Jede Frau ist anders und jede sollte für sich herausfinden, welche Reaktion am besten zu ihr passt und damit am überzeugendsten wirkt.

Du kannst die Belästigung einfach ignorieren. Das ist sehr oft äußerst wirkungsvoll, wenn dem Belästiger die Aufmerksamkeit entzogen wird. Du kannst ihm aber auch ganz klar sagen, dass er aufhören soll. Das kannst du zum Beispiel als Frage, „Was soll das?", oder als Aufforderung, „Lass mich in Ruhe!", formulieren. Dabei besteht allerdings die Gefahr, dass dein Gegenüber denken könnte, du möchtest mit ihm ins Gespräch kommen.

Wenn du dich bedroht fühlst, zum Beispiel, wenn du von einer ganzen Gruppe belästigt wirst, kannst du die Polizei rufen.

Wenn du selbst belästigt wirst oder mitbekommst, dass eine andere Person belästigt wird, dann benenne die Tat laut und deutlich, um andere Menschen auf die Situation aufmerksam zu machen. Du kannst zum Beispiel rufen: „Das ist übergriffig!“ Eine weitere Möglichkeit ist es, Außenstehende gezielt anzusprechen und sie zu fragen, was sie dazu sagen.

Catcalling wird leider immer noch viel zu oft heruntergespielt. Manche kokettieren sogar damit. Aber das führt dazu, dass es immer wieder zu solchen Vorfällen kommt. Trage dazu bei, dass so ein Verhalten aufhört. Für dich und für alle Mädchen und Frauen.

Wie schaffe ich es, meinen Fokus aufrechtzuerhalten?

Wenn ständig irgendjemand etwas von dir will – ob Schule, Familie, Geschwister, Freunde, Kollegen oder Arbeitgeber –, kann es eine Herausforderung sein, sich darauf zu konzentrieren, was gerade ansteht.

Um alles unter einen Hut zu bekommen, ohne dabei dein eigenes Leben einschränken zu müssen, können dir zum Beispiel Listen helfen. So kannst du Dinge, die du zu tun hast, nach Wichtigkeit ordnen und sie dann in der entsprechenden Reihenfolge abarbeiten. So kannst du sichergehen, an alles zu denken und den Überblick nicht zu verlieren. Auf dieser Grundlage kannst du dich beruhigt immer auf das fokussieren, was im Moment wichtig ist. Denn wenn man durcheinanderkommt, entsteht Stress und der Fokus ist dahin.

Überdenke, wenn möglich, immer, ob du etwas tun willst. Du entscheidest, ob dir zusätzlich aufgebrummte Aufgaben gut tun. Du darfst also „Nein" sagen, wenn dich jemand um einen Gefallen bittet, und du keine Zeit oder Lust hast. Denn es bringt keinem etwas, wenn du Dinge nur halbherzig machst.

Wenn du Schwierigkeiten hast, dich zu konzentrieren, achte außerdem auf eine Umgebung, in der du dich entspannt einer Sache widmen kannst und die wenig Ablenkungen bietet. Mache regelmäßig Pausen, in denen du dich körperlich betätigst!

Freundschaft zwischen Mann und Frau – geht das?

Tja. Diese Frage beschäftigt Männer und Frauen schon seit Beginn der Menschheit.

Ich denke, eine platonische Freundschaft zwischen Mann und Frau, die rein seelischer und geistiger Natur ist, also keine sinnliche Komponente hat, ist prinzipiell möglich. Dennoch glaube ich, dass es Dinge gibt, die so eine Freundschaft erschweren können. Allen voran, weil Männer und Frauen einfach total unterschiedlich ticken. Und nicht zuletzt deshalb wird häufig von Außenstehenden unterstellt, dass „da doch eigentlich mehr läuft". Solche Aussagen können leicht verunsichern. Und wenn du selbst anfängst, darüber nachzudenken, kann sich das negativ auswirken.

Auch sexuelle Gefühle können bei einer rein platonischen Freundschaft zwischen Mann und Frau hinderlich sein. Wenn ihr euch körperlich anziehend findet, kann natürlich mehr daraus werden, da spricht ja nichts dagegen. Blöd wird es aber, wenn einer von euch beiden nicht so empfindet. Dann ist Leid vorprogrammiert und die Freundschaft ist nicht mehr unbeschwert.

Das Wesentliche bei einer Freundschaft (welcher Art auch immer) ist, dass ihr ehrlich miteinander sein könnt und die gleichen Interessen habt. Die sogenannten Vibes müssen also stimmen. Und hierbei ist das Geschlecht definitiv nebensächlich.

Eine Freundschaft zwischen Mann und Frau kann sehr inspirierend sein, denn man lernt dabei, sich in die Gedankenwelt des anderen

Geschlechts hineinzuversetzen und versteht plötzlich einiges anders. Gerade in Liebesdingen ist das interessant; wenn du beispielsweise Beziehungsprobleme aus der Sicht des Mannes anvertraut bekommst.

Probiere es einfach aus: Wenn du dich in einer Freundschaft sicher und geborgen fühlst, ist alles super.

Was tun bei Mobbing?

Mobbing ist gemein, belastend, gefährlich und unfair. Von Mobbing spricht man, wenn man von einer oder mehreren Personen immer wieder fertiggemacht wird. Das kann so weit gehen, dass man systematisch gequält wird. Mobbing kann tatsächlich Leben zerstören.

Wenn du selbst gemobbt wirst

Als erstes sollst du eines wissen: Es ist nicht deine Schuld und du hast das auf keinen Fall verdient! Mobbing kann schnell dazu führen, dass du dich allein und minderwertig fühlst. Das stimmt beides nicht! Auch wenn eine Situation aussichtslos erscheint, gibt es immer Wege, sie zu verbessern. Hole dir Hilfe und friss damit verbundene Gefühle wie Angst, Unsicherheit oder Traurigkeit nicht in dich hinein. Sprich darüber mit Personen deines Vertrauens (Eltern, Freunde, Lehrer …). Sie können dir helfen. Wenn das Mobbing online, etwa auf sozialen Medien, stattfindet, solltest du die Personen blockieren. Du kannst sie außerdem auch melden. Am besten speicherst du vorher Screenshots von den mobbenden Aussagen, damit du auch später noch Beweise dafür hast. Auch im realen Leben solltest du alle Vorfälle dokumentieren.

Bitte verzichte unbedingt darauf, dich zu rächen, denn das wird deine Situation nicht verbessern, sondern sogar eher das Gegenteil bewirken.

Bleibe also stark und umgib dich stattdessen mit lieben Menschen, die dir guttun!

Wenn du merkst, dass jemand anderes gemobbt wird

Was Opfer von Mobbing brauchen, sind Verbündete. Sie brauchen Menschen, die ihnen helfen, sie verteidigen und ihnen ein gutes Gefühl geben. Sie brauchen dich! Gemeinsam könnt ihr den oder die Mobber zur Rede stellen. Dadurch unterstützt du das Opfer auch auf kommunikativer Ebene.

Wenn du jemanden mobbst

Vielleicht ist dir gar nicht bewusst, wie du eine andere Person mit Worten und Taten verletzen kannst. Achte auf Reaktionen. Höre in dich hinein und überlege, ob du vielleicht schon Situationen hattest, in welchen du jemanden unbewusst (oder auch bewusst) gemobbt hast. Wenn ja: Höre bitte sofort damit auf!

Wie gehe ich mit Gruppenzwang um?

Egal ob es um Klamotten, Rauchen, Alkohol, Social Media oder sonstiges Verhalten geht – ein Gruppenzwang kann überall entstehen. Wichtig ist hierbei, dass du deine eigene Meinung zu einem bestimmten Verhalten überprüfst. Verständlicherweise willst du dazugehören, doch nicht selten geschieht dies dann zu einem hohen Preis.

Teil einer Gruppe zu sein, ist ein schönes Gefühl. Der Mensch ist von Geburt an ein soziales Wesen. Es ist also völlig legitim, dass du zu einer Gruppe gehören möchtest. Aber du solltest dir diese genau aussuchen, denn hier bestimmt meist die Mehrheit, auch wenn sie nicht immer recht hat. Oft schließen sich anders denkende Mitglieder dann einfach an; aus Angst, ausgeschlossen zu werden. Aber möchtest du wirklich Risiken eingehen, nur um dabei sein zu dürfen? Gerade, wenn es um Rauchen und Alkohol geht, solltest du wirklich deine eigenen Entscheidungen treffen.

Ich gehe davon aus, dass die anderen Mitglieder der Gruppe deine Freunde sind. Deshalb solltest du offen mit ihnen über deine Meinung und deine Sorgen sprechen können. Sprich die anderen also am besten direkt darauf an. Echte Freunde akzeptieren deine Entscheidungen. Wenn das anders ist, dann denke darüber nach, ob es sich wirklich um Freunde handelt und du weiterhin zu dieser Gruppe gehören möchtest. Wenn dich jemand nicht mag, weil du anderer Meinung bist, dann kann es sich nicht um Freundschaft handeln!

Woran erkenne ich echte Freundschaft?

Es ist das Schönste auf der Welt, echte Freunde zu haben. Egal ob es nur eine Person oder eine ganze Clique ist.

Es gibt Freundschaften, die halten ein Leben lang. Aber natürlich kommt es auch vor, dass sich Freunde so sehr streiten, dass die Freundschaft endet. Oder man verliert sich einfach aus den Augen. Es ist normal, dass sich Menschen voneinander entfernen, unterschiedliche Interessen entwickeln oder neue Freunde finden, wenn sie zum Beispiel mit der Schule fertig sind und wegziehen. Dennoch kann es so schmerzhaft wie Liebeskummer sein, wenn das passiert.

Wie du erkennst, wer zu den echten Freunden zählt, ist oftmals eine Sache des Gefühls. Es gibt aber auch ein paar Merkmale, an denen sich das festmachen lässt.

Merkmale einer echten Freundschaft

Echte Freunde freuen sich aufrichtig für dich. Auch dann, wenn du etwas erreichst, was sie selbst gern erreichen würden, es aber noch nicht funktioniert hat.

Echte Freunde sind für dich da, wenn du sie brauchst. Sie leisten dir schweigend Gesellschaft, wenn du möchtest, hören dir zu oder lenken dich ab. Sie wissen, was du brauchst, und verlangen keine Gegenleistung für ihre Hilfe.

Echte Freunde sagen dir auch ehrlich, wenn sie mal anderer Meinung sind. Denn sie vertrauen dir und wissen, dass sie ehrlich zu dir sein können. Deshalb sagen sie dir auch, wenn du sie verletzt hast, und geben dir die Chance, das wieder gutzumachen.

Echte Freunde feiern dich und sind froh, dass es dich gibt.

Behandle echte Freunde achtsam und mit Respekt und sei eine ebenso gute Freundin für sie!

Warum ist es mir so wichtig, was andere sagen?

Damit bist du nicht allein! Es geht den meisten Menschen so. Fast alle machen sich Gedanken, was andere Menschen über sie denken. Wir fragen uns, ob unser Verhalten und unser Tun gut genug ist. Wir haben Angst davor, anderen nicht zu gefallen, und befürchten, Erwartungen nicht erfüllen zu können. Aber warum?

Der Mensch ist und bleibt ein soziales Wesen (auch wenn das nicht bei allen erkennbar ist). Das Bedürfnis nach Anerkennung ist uns angeboren und zählt zu den Grundbedürfnissen. Wir wollen akzeptiert, respektiert und gemocht werden.

Vielen Kindern wird schon früh beigebracht, dass sie sich auf besondere Weise verhalten oder kleiden müssen, um von anderen akzeptiert zu werden. Das ist aber nicht richtig! Durch so eine Erziehung wird unser Selbstwertgefühl davon abhängig gemacht, was andere denken. Wir lernen das also schon als Kinder. Besonders sinnlos ist dieser Erziehungsstil, wenn es darum geht, was fremde Menschen über uns denken.

Wir lernen in unserer Gesellschaft auch, dass jemand, der in einer Gruppe negativ auffällt, schnell zum Außenseiter wird. Und wer möchte schon ein Außenseiter sein? Prompt sind wir wieder in dieser Art zu denken drin.

Nun musst du dir aber die Frage stellen, ob es dir das wert ist? Ist es dir wichtiger, was (fremde) Menschen über dich denken, als du selbst zu sein? Gibt es da vielleicht auch Kompromisse? Natürlich ist es wichtig, Teil eines sozialen Gefüges zu sein. Und in einer Gruppe / Gesellschaft gibt es Regeln, an die sich alle halten sollten. Aber du darfst selbstverständlich anders sein und solltest dich trotzdem, soweit es dir möglich ist, von der Angst lösen, anderen nicht zu gefallen. Vor allem dann, wenn sie dich darin hindert, diejenige zu sein, die du bist und sein möchtest!

Wie du das machst? Konzentriere dich auf deine Stärken. Nutze deine Energie nicht, um dir Sorgen zu machen, sondern um dir bewusst zu machen, wie wunderbar du bist! Nimm Kritik oder komische Anmerkungen nicht persönlich. Die Urteile anderer haben in der Regel nichts mit dir, sondern mit deren eigenen Versagensängsten zu tun.

Keine Lust auf Schule – muss ich da wirklich hin?

Ich versteh dich: Schule kann anstrengend, nervig und langweilig sein. Aber du wirst nicht darum herumkommen.

Ich könnte dir jetzt erzählen, dass es gar nicht mehr lange dauert, bis du dich in die Schulzeit zurücksehnst. Dass es die beste Zeit deines Lebens sein kann. Dass es nie wieder so easy wird, wie in diesen Jahren. Aber du würdest mir eh nicht glauben, auch wenn ich da möglicherweise richtig liege.

Viel besser ist es, wenn du dich selbst davon überzeugst: Überlege mal, was deinen Alltag in der Schule ausmacht – außer Unterricht, Klausuren und Hausaufgaben. Versuche, alle Aspekte und Perspektiven genau unter die Lupe zu nehmen und nach den positiven Dingen suchen. Zum Beispiel: Du siehst jeden Tag deine Freunde, du hast viele Wochen Ferien und die Wochenenden frei, du lernst neue und zum Teil sicherlich auch für dich interessante Dinge usw.

Bitte versuche, das Jetzt zu genießen und mache das Beste daraus! Du hast sowieso keine andere Wahl …

Kann ich auch allein glücklich sein?

Du fragst dich, ob es möglich ist, ohne Partner oder Partnerin, ohne Freundschaften und ohne Familie glücklich zu sein? Eine gute Frage, denn es macht Sinn, dein Glück nicht von anderen Menschen abhängig zu machen. Und natürlich ist das möglich.

Alleinsein ist nur dann schwer, wenn du nichts mit dir und deiner Zeit anzufangen weißt. Du kannst dich aber im Alleinsein üben; suche dir ein entsprechendes Hobby und verbringe regelmäßig Zeit mit dir allein. Und zwar ohne Smartphone, Internet und TV. Denn das sind Ablenkungen, mit denen du vor Gefühlen wie Einsamkeit oder Angst flüchtest. Aber es ist gut, zu lernen, das auszuhalten. Irgendwann kommt der Punkt, an dem du es genießen kannst, allein zu sein.

Du bist klasse! Und genauso wie Freunde deine Anwesenheit genießen würden, solltest du dich selbst auch zu schätzen wissen. Wir können auch allein glücklich sein. Es braucht nur ein bisschen Übung.

Alleinsein hat tatsächlich viele Vorteile: Es ist leichter, so zu sein, wie du bist, ohne Angst, was andere denken; du kannst tief in deine Gedanken eintauchen und dir Ziele stecken; du kannst dich effektiver entspannen, kreativer und produktiver sein. Probiere es aus und werde unabhängig. Tue auch mal Dinge, die du sonst niemals allein machen würdest. Gehe allein ins Kino, Eisessen oder baue dein nächstes Möbelstück ohne Hilfe auf. Diese Erfahrungen werden dich unabhängiger, selbstbewusster und eigenständiger machen.

Meine Geschwister nerven, wie werde ich sie los?

Dein kleiner Bruder provoziert dich ständig? Schwesterherz macht einen blöden Spruch nach dem anderen? Und dazu noch deine Eltern, die sowieso immer deine Geschwister bevorzugen? Puh, das würde mir auch auf den Zeiger gehen.

Wahrscheinlich flippst du deshalb regelmäßig aus und … Aber das ist genau das, was deine Geschwister von dir erwarten. Sie wollen, dass du dich ärgerst, denn sonst würde Provozieren keinen Spaß machen. Versuche einfach, ruhig zu bleiben. Ja, ja … Ich weiß, das ist leichter gesagt als getan. Aber rausschmeißen kannst du sie nicht, deshalb musst du irgendwie einen anderen Weg finden, um mit ihnen klarzukommen.

Die beste Methode ist es, ihnen deine Aufmerksamkeit zu entziehen. Bevor du also das nächste Mal auf die Palme gehst, halte inne und tu so, als hättest du nichts gehört. Bleibe also ganz ruhig, fahre mit dem fort, was du gerade getan hast, und ignoriere die Störenfriede. Das Wunderbare an diesem Nichtreagieren ist, dass es Spaß macht. Denn mit großer Wahrscheinlichkeit werden dich deine Geschwister mit großen Augen anschauen und enttäuscht damit aufhören, dich zu nerven.

Wenn du für die Kunst des Nichtreagierens noch nicht genug Gelassenheit hast, gehe in einer entsprechenden Situation in dein Zimmer, schließe hinter dir ab und atme tief durch. Zähle bis 10 (oder 100, wenn es sein muss), höre Musik, schlage auf ein Kissen ein oder rufe eine Freundin an und lass dort Luft ab.

Alternativ kannst du es auch mit etwas Humor versuchen. Wenn also deine Geschwister in Sachen Provokation mal wieder zur Hochform auflaufen: Hole dir zum Beispiel ein kühles Getränk, setze Sonnenbrille und Sonnenhut auf, lasse karibische Musik laufen und mache es dir gemütlich, so als wärst du gerade im Urlaub. Ich wette mit dir, dass alle

Best friends 4ever

FAMILY

so überrascht, sein werden, dass es blitzschnell ganz still wird. Und vielleicht steckst du ja jemanden mit deinem Urlaubsfeeling an.

Wenn all das nichts hilft, denk einfach daran, dass du bald 18 bist und ausziehen kannst.

Körper und Gesundheit

Wie kann ich besser mit meinem Körper klarkommen?

Du und dein Körper seid ein Leben lang zusammen. Deshalb ist es tatsächlich wichtig, dass du eine gesunde und positive Beziehung zu deinem Körper entwickelst. Er funktioniert nämlich nur, wenn du auf ihn hörst und darauf Rücksicht nimmst. Dein Körper kommuniziert mit dir. Du solltest also lernen, die Signale deines Körpers zu verstehen und so zu handeln, dass er gesund bleibt. Man nennt das auch Körperbewusstsein und du kannst dieses trainieren.

Oft fällt es uns schwer, auf unseren Körper zu hören. Das liegt einfach daran, dass es um uns herum so viele (selbstauferlegte) Zwänge gibt. Wie oft ignorieren wir etwa, dass wir müde sind? Und das aus völlig sinnlosen Gründen. Wir wollen zum Beispiel eine Serie zu Ende schauen oder finden es schlicht und ergreifend uncool, früh ins Bett zu gehen. Wie oft ignorieren wir eine Erkältung und powern uns aus, obwohl es besser wäre, wenn wir uns schonen würden? Genau das sind die Situationen, in denen uns unser Körper doch eigentlich ganz deutlich mitteilt, was er braucht. Wenn wir ihn ignorieren, entfernen wir uns immer weiter davon, eine gute Beziehung zu unserem Körper aufzubauen und mit ihm im Einklang zu sein. Wir verlernen zunehmend, ihn zu verstehen. Um dem entgegenzuwirken, brauchst du ihn nur ganz bewusst beobachten, denn er kommuniziert ständig mit dir. Mit der Zeit wirst du dann auch verstehen, wie du seine Signale deuten kannst. Um das bewusste Beobachten zu üben, kannst du zum Beispiel einen sogenannten Bodyscan durchführen; eine Achtsamkeitsübung, bei der du die Aufmerksamkeit auf deine einzelnen Körperteile lenkst und wahrnimmst, wie sie sich anfühlen. Auch Atemübungen und Berührungen können dabei helfen, sich selbst besser zu spüren. Setze dich entspannt hin, schließe die Augen und konzentriere dich auf deinen Atem. Wenn du möchtest, kannst du dabei deine Hand auf deine Herzregion legen. So spürst du dein Herz schlagen.

Durch Bewegung stärkst du automatisch das Körperbewusstsein. Sport lässt dich vor allem deine Muskeln und dein Herz-Kreislauf-System wahrnehmen. Bald wirst du positive Auswirkungen auf vielerlei Funktionen feststellen. Auch beim Essen kannst du mit deinem Körper in Verbindung gehen. Nimm dir Zeit fürs Essen und genieße es, anstatt es einfach hinunterzuschlingen. Auch intuitives Essen ist eine gute Möglichkeit, um deinen Körper besser kennenzulernen. Das bedeutet, dass du nur isst, wenn du wirklich hungrig bist, und vorher in dich hineinspürst, welches Lebensmittel dir gerade guttun könnte.

Beginne damit, dich immer wieder zu fragen, wie sich dein Körper gerade fühlt (müde, energielos, hungrig, nervös, entspannt, warm …). Das bewusste Erspüren, was gerade in dir vorgeht, kannst du jederzeit in deinen Alltag integrieren. Um Erfahrungen zu sammeln, kannst du hierzu Einträge in einem Tagebuch oder Journal machen. Unterdrücke oder verdränge diese Gefühle nicht, sondern schaue sie bewusst an. Wenn das Gefühl unangenehm ist, dann überlege dir, was dir jetzt helfen könnte und handle dann entsprechend. Notiere, wenn dir etwas gut geholfen hat, dann kannst du immer wieder darauf zurückgreifen.

Wie geht gesunde Ernährung?

Gesunde Ernährung ist sehr wichtig. Für dich, deinen Geist, deine Seele und natürlich deinen Körper. Wusstest du, dass sich ungesunde Ernährung sogar auf deine Psyche auswirken kann? Mit einer ausgewogenen Ernährung kannst du deinem Körper alle wichtigen Nährstoffe geben, die er braucht, um gesund und stark zu sein. Je früher du gesunde Gewohnheiten in dein Leben integrierst, umso besser! Fang am besten gleich heute damit an. Es ist easy und ohne großen Aufwand umzusetzen.

Iss vielfältig und bunt! Achte darauf, dass du täglich viele verschiedene Obst- und Gemüsesorten isst. Bei der Auswahl kannst du dich danach richten, welches Obst und Gemüse gerade Saison hat. Das ist nicht nur gesund, sondern auch nachhaltig. So tust du dir und der Umwelt etwas Gutes!

Zähle mit und verzehre täglich mindestens 3 Portionen Gemüse und 2 Portionen Obst. Das ist auch super als leckerer Snack für unterwegs – statt Schokolade ...

Iss täglich pflanzliche Proteine, zum Beispiel Linsen, Kichererbsen, Nüsse, Bohnen usw. Es gibt tolle Rezepte dafür. Hast du schon mal Linsenburger oder Hummus probiert? Einfach zuzubereiten und sehr lecker.

Nudeln, Brot und Reis – perfekte Beilagen, die schnell satt machen. Im Übermaß sind sie leider nicht so gesund. Das kannst du kompensieren, indem du zu Vollkornprodukten greifst. Aber es spricht auch nichts dagegen, ab und zu „normale" Nudeln zu essen.

Kombiniere deine Mahlzeiten mit reichlich gesunden Fetten aus pflanzlichen Ölen und spare mit Salz und Zucker. Gesüßte Getränke enthalten oft Unmengen an Zucker; das geht auch anders.

Last but not least: Trinke genug Wasser – mindestens 1,5 Liter am Tag.

Gesunde Ernährung lohnt sich: Wenn du dich gesund ernährst, bist du fitter, hast mehr Energie, kannst dich besser konzentrieren und wirst seltener krank. Gesunde Ernährung kann im Übrigen dazu beitragen, Hautunreinheiten zu reduzieren.

Sei aber nicht zu streng mit dir selbst. Essen soll schmecken und Spaß machen. Sei kreativ und genieße das Abenteuer der gesunden Ernährung, die mit etwas Geschick besser schmeckt als Industrial Food, Fast Food oder Restaurantessen.

Essstörung und Fitnesswahn – wie bleibe ich davon verschont?

In den Teenagerjahren spielt das Aussehen oft eine sehr große Rolle. Vielen Mädchen ist es wichtig, anderen zu gefallen. Kennst du das von dir auch? Vielleicht vergleichst auch du dich mit deinen Freundinnen oder wildfremden Influencerinnen auf Social Media. Eines möchte ich dir klipp und klar sagen: Du bist gut so, wie du bist! Und du musst dich mit niemandem vergleichen – vor allem nicht mit fragwürdigen Darstellungen im Internet, denn da ist definitiv nicht immer alles so, wie es scheint.

Leider wird in den Medien und in den sozialen Netzwerken oft ein falsches Bild von einem angeblich perfekten Körper mit angeblich perfekten Maßen geschaffen. Das kannst du gleich mal wieder zu den Akten legen. Perfekt ist, wenn du dich wohl fühlst und so akzeptieren kannst, wie du bist. Immer mehr Jugendliche (und auch Erwachsene) versuchen trotzdem, dieses vermeintlich perfekte Ideal zu erreichen. Das ist hochgefährlich! Es kann der Gesundheit schaden und süchtig machen. Fitnesswahn und Essstörung klingen harmlos, sind es aber nicht.

Essstörungen, etwa Magersucht oder Bulimie, sind echte Krankheiten, die unbedingt von einem Arzt behandelt werden müssen. Bei einer Essstörung ist das Verhältnis zum eigenen Körper und zum Essen gestört, d. h., Betroffene realisieren nicht mehr, dass sie ihrem Körper Schaden zufügen. Besonders tückisch ist, dass der Übergang zu einem krankhaften Essverhalten meist schleichend und unentdeckt verläuft. Aus dem anfänglichen Wunsch, zum Beispiel ein paar Kilos an Gewicht zu verlieren, kann so nach und nach eine prinzipielle Ablehnung von Nahrungszufuhr entstehen. Essstörungen können lebensgefährlich sein, da dem Körper langfristig wichtige Nährstoffe fehlen werden. Sie sind keine Phase, die einfach so vorübergeht oder allein bewältigt werden kann.

So ähnlich ist es mit einer Sportsucht. Dabei haben Menschen oft eine unrealistische Vorstellung davon, wie ihr Körper aussehen soll. Ihr Leben dreht sich dann fast ausschließlich darum, den medial dargestellten gestählten und muskelbepackten „Idealkörpern“ zu gleichen. Teilweise nehmen schon Jugendliche Substanzen zu sich, die das Muskelwachstum beschleunigen sollen (Anabolika), aber massive Nebenwirkungen haben. Auch hier ist die Körperwahrnehmung stark verzerrt.

Leider merkt man oft viel zu spät, wenn man sich auf einem ungesunden Weg befindet. Deshalb solltest du, wenn du so etwas bei dir oder deinen Freunden vermutest, immer mit einem Erwachsenen sprechen. Damit es gar nicht erst so weit kommt, solltest du dich nicht zu sehr von den Medien beeinflussen lassen. Denke immer daran, dass Bilder und Videos bearbeitet werden können. Das, was du siehst, ist also nicht zwingend real.

Denke auch daran, dass nicht jeder Mensch dieselben Voraussetzungen hat. Jeder Körper ist anders und es gibt keine Vorgaben, nach denen du dich richten musst. Sei du selbst und nutze die Zeit lieber, um deinen Körper zu akzeptieren und zu lieben.

Natürlich spricht nichts gegen regelmäßigen Sport und eine kalorienreduzierte Ernährung. Beides trägt zu unserer Gesundheit bei und sollte ausschließlich aus Gründen der Gesundheit und des Wohlbefindens umgesetzt werden. Aber es geht nicht darum, perfekt zu sein, denn das bist du ja schon. Der menschliche Organismus, dein Körper; er ist ein Wunderwerk der Natur. Schau, wie treu und ergeben er dich durch das Leben trägt! Und übrigens (ich kann es gar nicht oft genug sagen): Du bist gut so, wie du bist!

Jeder ist auf seine Weise schön. Stimmt das?

Natürlich stimmt das. Denkst du etwa das Gegenteil? Du bist wunderschön und musst definitiv nicht wie andere aussehen. Schönheit ist nicht standardisiert. Stell dir doch mal vor, wie es wäre, wenn alle Menschen gleich aussehen würden … Wie langweilig!

Es ist allerhöchste Zeit, dass wir unsere Unterschiedlichkeiten und Einzigartigkeiten feiern. Keiner hat das Recht, Schönheit als allgemeingültiges Merkmal zu definieren, was sich anhand bestimmter Parameter messen lässt. Nein, du definierst Schönheit für dich allein!

Wie du das hinbekommst? Zunächst einmal solltest du deinen Körper wertschätzen. Mache dir bewusst, was dein Körper jeden Tag leistet. Er trägt dich durch das Leben. Er ist stark und gleichzeitig zerbrechlich. Dein Körper lässt dein Herz jeden Tag schlagen, deine Lungen atmen – das ist Leben pur! Er macht das 24/7 und völlig unabhängig von Aussehen, Körperform und Körpergröße. Es spielt keine Rolle, ob du eine Brille trägst oder nicht, ob du im Rollstuhl sitzt oder eine Zahnspange trägst. Es ist völlig egal, ob du grüne, gelbe oder blonde Haare hast. Haare an den Beinen, Nasenhaare – unwichtig! Spüre, wie gut sich das anfühlt und sei deinem Körper dankbar dafür. Die Wahrheit ist: Wenn du dich in deinem Körper wohlfühlst, dann strahlst du ganz automatisch Schönheit aus!

Schön bist du auch, wenn du für andere da bist, eine gute Freundin bist, Schwächeren hilfst, fair handelst und aufmerksam durchs Leben gehst. Das sind Werte, die dich schön machen. Welche Größe dein Hintern und dein Busen haben, ist dabei unwichtig!

Schaue mal in den Spiegel und staune, wie schön du bist.

Ist mein Busen normal?

Deine Brust hat sich in den letzten Jahren verändert. Wahrscheinlich hast du auch schon auf andere Brüste geachtet; zum Beispiel bei deiner Mutter, Schwester oder deinen Freundinnen. Dir ist bestimmt schon aufgefallen, dass sich Brüste ziemlich unterscheiden können. Es gibt unzählige Formen und Größen. Das macht jede Frau einzigartig und wunderschön. Das gilt übrigens auch für deinen Schambereich.

Die Form und Größe deiner Brüste sind weitestgehend genetisch bestimmt. Die Größe verändert sich aber auch durch die Wirkung von Hormonen und mit dem Körperfettanteil. Die Grundform bleibt dabei jedoch bestehen. Es werden 7 verschiedene Brustformen unterschieden.

1. **Runde Brust:** Sie hat oben und unten das gleiche Volumen. Meist liegt sie eng und straff am Oberkörper und wirkt rund.

2. **Runde Seiten:** In diesem Fall gibt es zwischen den beiden Brüsten meist eine größere Lücke und die Brust hat ein großes Volumen an den Seiten.

3. **Ost-West-Brust:** Bei dieser Brustform scheint es, als würden die Brüste oder Brustwarzen in gegensätzliche Richtungen zeigen.

4. **Tropfenform:** Diese Brustform wirkt symmetrisch und ist an der unteren Seite etwas breiter. Die Brustwarzen sind mittig angeordnet.

5. **Schlanke Brüste:** Bei dieser Brustform ist es genau andersherum. Die Brust ist oben breiter als an der unteren Seite. Die Brustwarzen sind etwas weiter unten.

6. **Asymmetrische Brust:** Viele Frauen haben asymmetrische Brüste. Das bedeutet, dass die Brüste unterschiedlich groß sind. Meist fällt es aber gar nicht auf.

7. **Glockenform:** Diese Brüste sind meist sehr voluminös. Die Brust ist außerdem an der Unterseite, unter den Brustwarzen, breiter.

Wie du siehst, können Brüste wirklich sehr unterschiedlich aussehen. Lass dich von Bildern im Internet, in Filmen oder Magazinen nicht in die Irre führen: Gezeigt werden häufig sogenannte „Traumbrüste". Doch wer bestimmt eigentlich, was das ist? Es gibt keinen Standard, der bestimmt, wie Brüste auszusehen haben. Vergleiche deine Brüste also bitte nicht damit. Sie sind schön, egal wie sie geformt sind.

Hilfe! Wie finde ich den richtigen BH?

Es ist gar nicht so einfach, den richtigen BH zu finden. Aber es ist gut, dass du danach suchst. Am besten lässt du dich mal in einem Fachgeschäft für Unterwäsche beraten. Denn ein schlecht sitzender BH kann nicht nur unbequem, sondern auch schmerzhaft sein. Tatsächlich tragen sehr viele Frauen in Deutschland seit Jahren viel zu kleine BHs. Sie fühlen sich unwohl, ignorieren das aber. Das solltest du nicht tun. Welcher BH passt, hängt von deiner Brustform ab.

Bei einer runden Brust sind Push-up-BHs oder gepolsterte Schalen in der Regel unnötig. Die Brust hat dann meist von allein einen guten Halt und es reicht ein einfacher BH.

Wenn deine Brust an den Seiten rund ist, passt ein „Deep Plunge“ am besten zu dir. Dieser passt sich der Brustform genau an und stützt sie seitlich mit einem Polster.

Bei der sogenannten Ost-West-Brust passt ein klassischer BH oder einer mit verstärkten Seitenteilen am besten.

Zu einer Tropfenform passen Bügel-BHs mit und ohne Schalenpolster, Sport-BHs oder Push-up-BHs.

Wenn du schlanke Brüste hast und mehr Volumen möchtest, kannst du einen gepolsterten BH tragen.

Asymmetrische Brüste kannst du in alle BHs verpacken. Wenn du die unterschiedliche Größe ausgleichen möchtest, kannst du BHs mit herausnehmbaren Polstern kaufen. Du könntest dann ausprobieren, auf einer Seite das Polster herauszunehmen.

Für glockenförmige Brüste brauchst du einen BH, der deine Brust stützt. Das kann ein Sport-BH oder ein spezieller Minimizer-Schnitt sein.

Haarentfernung – ja oder nein?

Girl, die Entscheidung liegt allein bei dir. Auch wenn in Magazinen, Social Media und im Fernsehen oft versucht wird, dir ein ganz bestimmtes Schönheitsideal aufzuzwingen, solltest du eines wissen: Schönheit ist ein Begriff, der von jedem Menschen anders definiert wird. Und nur du allein entscheidest, was du schön findest – vor allem an deinem eigenen Körper.

In den Medien setzt sich dieses Denken nur sehr langsam durch. Aber es gibt inzwischen Gestalter, die sich von dem vorgegebenen Schönheitsideal lösen und Frauen vielfältiger, bunter und diverser darstellen. Das gilt auch für die Körperbehaarung. Vor ein paar Jahren galt es für Frauen noch als No-Go, an den Beinen und an den Achseln unrasiert zu sein. Heute ist das zum Glück anders. Es geht zunehmend um Selbstakzeptanz, Wohlfühlen und Selbstliebe; und nicht darum, einem gesellschaftlich verankerten (fragwürdigen) Ideal zu entsprechen.

Deshalb gilt: Rasiere dich, wenn du selbst es magst (und verträgst), und lasse es bleiben, wenn du nicht möchtest! Du musst dich in deinem Körper wohlfühlen; nicht anderen gefallen. Wenn du das tust, wirst du automatisch Schönheit ausstrahlen. Im Umkehrschluss heißt das, dass wir andere Menschen hinsichtlich ihrer Entscheidungen, die ihren Körper betreffen, akzeptieren sollten.

Was gehört alles zur Intimpflege?

Gute Frage! Intimpflege wird oft übertrieben oder aber unterschätzt. Durch falsche Pflege oder eine unvorsichtige Rasur kann es zu Entzündungen, Infektionen oder Hautreizungen kommen. Das tut weh und kann sich schnell sehr unangenehm anfühlen. Es zeigt sich durch Jucken, Brennen oder sogar Schmerzen.

Die Schleimhäute deines Schambereichs und die Vagina haben einen niedrigeren pH-Wert als der Rest deiner Haut. Das Milieu ist also deutlich saurer. Das ist gut, denn dadurch wird das Wachstum von Bakterien unterbunden, was dich vor Infektionen schützt. Deshalb ist es wichtig, dass du deinen Intimbereich so pflegst, dass der pH-Wert niedrig bleibt.

Im Prinzip reicht es aus, den Schambereich (Vulva) einmal am Tag nur mit Wasser zu reinigen, am besten mithilfe der Duschbrause. Pass aber auf, dass das Wasser nicht zu heiß ist, denn das kann die Schutzbarriere der Haut schädigen und den Intimbereich auf Dauer austrocknen. Unangenehmer Juckreiz und Scheidentrockenheit sind dann die Folge. Die Vagina muss nicht gereinigt werden, denn das macht sie selbst.

Wenn du auf Intimpflegeprodukte nicht verzichten möchtest, solltest du unbedingt Produkte wählen, die das natürliche Gleichgewicht und das leicht saure Milieu der sensiblen Haut schützen. Nutze bitte keine konventionellen Seifen und Duschgele, da die aggressiven Waschsubstanzen zu einem Ungleichgewicht führen und damit Infektionen begünstigen können. Nutze stattdessen besser Produkte, die speziell für die Intimpflege entwickelt wurden.

Auch wichtig: Falls du Waschlappen zur Intimpflege benutzt, verwende diese nicht zweimal hintereinander, da sonst Bakterien, die sich auf einem Waschlappen schnell bilden können, in den Intimbereich gelangen können.

Wie pflege ich meine Haare richtig?

Egal, was für eine Frisur du hast oder wie lang dein Haar ist: Gepflegte Haare sehen einfach gut aus und fühlen sich gut an. Ungepflegte Haare können zu einem unangenehmen Jucken auf der Kopfhaut führen. Um deine Haare richtig zu pflegen, brauchst du nicht unbedingt teure Pflegeprodukte. Es reicht, wenn du ein paar einfache Regeln befolgst.

Wenn du deine Haare zu oft wäschst, trocknet das deine Haare und die Kopfhaut aus. Dadurch produziert die Kopfhaut zu viel Talg, was zur Folge hat, dass deine Haare immer schneller fettig werden. Du solltest deine Haare höchstens alle 2 bis 3 Tage waschen. Besser wäre es, wenn du noch länger damit wartest. Durch langes und intensives Bürsten mit einer Naturhaarbürste kannst du den von deiner Kopfhaut gebildeten Talg, der pflegende Eigenschaften hat, gleichmäßig über die Haare verteilen. Das haben schon unsere Groß- und Urgroßmütter so gehandhabt.

Achte darauf, dass du mildes Shampoo ohne Silikone verwendest. Silikone hinterlassen einen dünnen Film auf deinen Haaren. Die Reinigungsfunktion ist dadurch schlecht und außerdem können sie deinen Haaren sogar schaden. Inzwischen gibt es auch festes Shampoo, sogenannte Shampoo Bars. Damit kannst du Plastikmüll vermeiden.

Auch die Wassertemperatur ist wichtig. Für Haare ist zu heißes Wasser schädlich. Denn das trocknet sie aus und macht sie spröde. Wasche sie stattdessen lieber mit lauwarmem Wasser. Das gleiche gilt übrigens auch in Bezug auf die Temperatur beim Föhnen.

Auch beim Trocknen und Kämmen gibt es ein paar Regeln, um die Haare zu schonen. Denn vor allem im nassen oder feuchten Zustand sind sie sehr empfindlich und brechen leichter. Deshalb solltest du sie immer nur vorsichtig mit einem Handtuch trocken tupfen, anstatt wild zu rubbeln. Am schonendsten kämmst du die Haare nach dem Waschen im nassen Zustand mit einem grobzackigen Kamm.

Wenn du lange Haare hast, kannst du diese abends zu einem lockeren Zopf flechten, so verfilzen sie über Nacht nicht so leicht.

Was tun gegen Pickel?

Wer kennt das nicht: Genau am Tag vor einem ersten Date oder wenn ein Fotoshooting ansteht, prangt plötzlich ein leuchtend roter Hubbel, womöglich mit einem gelblichen Punkt in der Mitte, in deinem Gesicht. Ein Pickel.

Hautunreinheiten wie Mitesser und Pickel können ganz schön nerven. Pickel sind aber kein Zeichen mangelnder Hygiene. Vielmehr zeigen Hautunreinheiten, dass dein Körper aus dem Gleichgewicht geraten ist. Ursachen dafür können zum Beispiel Hormone, Stress, schlechte Ernährung oder falsche Hautpflege sein.

Im akuten Fall geht es zunächst darum, den Pickel zu behandeln; aber um das Auftreten dieser lästigen Biester dauerhaft zu vermeiden, solltest du an den Ursachen arbeiten. Treten die Pickel auf, wenn du etwas Bestimmtes gegessen hast? Hast du mehr Pickel während der Periode oder wenn du besonders viel Stress hast? Wenn du weißt, wann du Pickel bekommst, kannst du das in manchen Fällen beeinflussen. Wenn es jedoch ausschließlich mit dem Menstruationszyklus, also mit den Hormonen zusammenhängt, hilft nur, es zu akzeptieren. Gerade in deinem Alter spielen die Hormone häufig noch verrückt. Das pendelt sich aber sehr bald ein und du wirst dann Ruhe haben.

Wenn du akute Pickel loswerden willst, versuche es zuerst mit natürlichen Mitteln. Chemiekeulen können deiner Haut nämlich auch schaden. Zu den natürlichen Hausmitteln gehören zum Beispiel Heilerde, Teebaumöl, Aloe Vera, Apfelessig, Zink oder Honig.

Wenn das nicht hilft, kannst du es natürlich auch mit kosmetischen Pflegemitteln probieren. Verzichte aber am besten darauf, Mittel zu verwenden, die deine Pickel austrocknen. Denn diese regen nur die Talgproduktion an und führen im Umkehrschluss zu noch mehr Pickeln. Ziemlich bescheuert, oder? Stattdessen kannst du milde Waschgele, Gesichtswasser oder Rosenwasser verwenden. Auch Peelings solltest du eher sparsam verwenden, also maximal ein- bis zweimal die Woche.

Ganz wichtig: Drücke deine Pickel niemals aus. Denn auf deinen Fingern befinden sich sehr viele Bakterien, die zu neuen Pickeln und Entzündungen führen können.

Um Pickeln vorzubeugen, solltest du dein Gesicht mehrmals am Tag waschen. So kannst du Schweiß, Schmutz und Make-up gut entfernen. Wechsele Handtücher und Waschlappen regelmäßig, denn auch dort sammeln sich binnen kurzer Zeit Schmutz und Bakterien, die du dir dann immer wieder ins Gesicht schmierst.

Achte außerdem auf eine ausgewogene Ernährung, denn zuckerhaltige und fettige Lebensmittel sowie Milchprodukte fördern Pickel. Und wenn alles nichts hilft, gib deinem Pickel einen Namen und heiße ihn willkommen. Für dein Date darfst du ihn natürlich mit einem dezenten Abdeckstift unauffälliger machen. Besser ist es aber, dazu zu stehen. Vermutlich kennen alle in deinem Alter das Problem und werden Verständnis haben.

Was sind nachhaltige Menstruationsprodukte?

Toll, dass du dich dafür interessierst! Nachhaltige Menstruationsprodukte sind solche, die du wiederverwenden kannst. Mittlerweile gibt es so viel mehr Möglichkeiten als nur die Einwegbinde und den 08/15-Tampon. Mit den nachhaltigen Produkten vermeidest du nicht nur Müll, sondern sie erleichtern dir im besten Fall auch den Umgang mit deiner Periode.

○ Menstruationstasse / Menstruationscup

Die Menstruationstasse ist kelchförmig, aus medizinischem Silikon und wird in die Vagina eingeführt. Der Cup funktioniert wie ein Becher und fängt das Blut auf. Du kannst die Tasse entnehmen, ausspülen und wieder einsetzen. Es gibt Menstruationstassen in verschiedenen Größen, die auf die verschiedenen Körper und / oder die Stärke der Blutung ausgelegt sind.

Vorteile der Menstruationstasse sind, dass sie wiederverwendbar und nachhaltig ist, dass sie nicht so oft gewechselt werden muss, kein Bändchen heraushängt und sie die Vagina nicht austrocknet. Eine Menstruationstasse kannst du bei guter Pflege 5 Jahre verwenden.

Nachteile sind, dass die Verwendung etwas Übung braucht und es unterwegs schwierig sein kann, den Cup zu reinigen.

○ Menstruationsschwämmchen

Es handelt sich hierbei um einen Naturschwamm, den du wie ein Tampon nutzt; mit dem Unterschied, dass du ihn ausspülst und wieder einsetzt. Es ist ein rein natürliches Produkt und die Schwämmchen gibt es auch in verschiedenen Größen.

Bei Bedarf kannst du sie auf deine Größe zuschneiden.

Die Vorteile des Menstruationsschwämmchen sind, dass sie wiederverwendbar und nachhaltig sind und bei guter Pflege mehrere Jahre halten. Außerdem sind sie kaum spürbar und trocknen die Scheide nicht aus.

Die Nachteile sind, dass die Verwendung etwas Übung braucht und es unterwegs schwierig sein kann, das Schwämmchen zu reinigen.

○ Menstruationsunterwäsche

Periodenunterwäsche können Slips oder Shorts sein. Im Bereich des Schritts haben sie eine saugfähige Einlage. Wie viel Flüssigkeit die Unterwäsche aufnehmen kann, hängt von dem jeweiligen Modell ab. Die Unterwäsche ist auslaufsicher und funktioniert wie eine Binde. Sie fühlt sich weder nass noch klebrig an, obwohl sie bis zu 12 Stunden getragen werden kann. Wenn du die Unterwäsche wechselst, macht es Sinn, sie erst einmal unter dem Wasserhahn kalt auszuwaschen. Danach kannst du sie bei 40 Grad in der Waschmaschine waschen.

Die Vorteile der Menstruationsunterwäsche sind, dass sie wiederverwendbar, nachhaltig und kaum spürbar ist. Auch die Periodenunterwäsche kann bei guter Pflege mehrere Jahre halten. Sie trocknet die Scheide nicht aus und es gibt sie in verschiedenen Ausführungen, in vielen Größen und mit verschiedener Saugfähigkeit.

Ein Nachteil der Menstruationsunterwäsche ist, dass sie relativ teuer in der Anschaffung ist.

O Stoffbinden und Stofftampons

Binden und Tampons aus Stoff nutzt du wie herkömmliche Einmalprodukte. Der Unterschied ist, dass du sie nach dem Gebrauch nicht wegwirfst, sondern wäschst. Sie sind aus Baumwolle und können viel Flüssigkeit aufsaugen. Außerdem sind sie atmungsaktiv, da sie keine synthetischen Fasern beinhalten. Es gibt sie in verschiedenen Größen und Saugstärken.

Um herauszufinden, was am besten zu dir passt, probiere die verschiedenen Produkte einfach aus.

Wichtig: Du sollst dich zu 100 % wohl und sicher fühlen.

O Wie viel Make-up ist zu viel?

Gibt es bei Make-up überhaupt ein Zuviel oder ein Zuwenig? Ist es nicht so, dass du das ganz für dich allein entscheiden solltest? Du musst dich wohlfühlen, das ist die Hauptsache. Es ist dein Gesicht und damit deine Entscheidung, ob und wenn ja, wie stark du dich mit diesen genialen Mittelchen aufhübschen möchtest. Ob naturbelassen, nur einen Hauch Wimperntusche oder das Full-Face-Make-up – ich bin mir sicher, du siehst immer umwerfend aus.

Wenn du gern Make-up benutzt, solltest du aber wissen, dass dies deine Poren verstopfen kann. Je nach Produkt kann die Haut womöglich nicht mehr richtig atmen und es sammeln sich mehr Staub und Bakterien an. Das kann Hautirritationen und Unreinheiten zur Folge haben. Reinige dein Gesicht deshalb bitte jeden Abend gründlich, sodass deine Poren wieder frei sind.

Experten raten dazu, deiner Haut mindestens einen Tag pro Woche ohne Schminke zu gönnen. Dein Zubehör solltest du regelmäßig und gründlich saubermachen. Dazu gehören auch Kosmetikbeutel, Pinsel und Schwämmchen. Denn auch dort können sich Bakterien ansammeln, die zu Infektionen der Haut führen können.

Wenn du darauf achtest, steht deinem persönlichen Look nichts mehr im Weg!

Liebe und Sexualität

Woran erkenne ich wahre Liebe?

Zu lieben und geliebt zu werden ist das Schönste auf der Welt. Der Gegenpol – fehlende Liebe oder gar Hass – gehört zu den Dingen, die den Wert des Lebens in Frage stellen. Bestimmt hast du schon deine ersten Erfahrungen gesammelt und weißt genau, wovon ich schreibe.

Liebe ist ein Gefühl, dass sich nicht messen lässt. Ob sie echt ist (oder war), kannst nur du selbst intuitiv erfassen. Gefühle können sich auch verändern. Was einmal war, kann irgendwann zu Ende sein; das gilt auch für die Liebe. Das ändert aber nichts daran, dass es einst echte Liebe war.

Leider gibt es Menschen, die mit den Gefühlen anderer spielen und nicht ehrlich sind. Doch es gibt Zeichen, an denen du erkennst, dass dein Gegenüber dich aufrichtig und ehrlich liebt.

→ Ihr nehmt euch und eure Bedürfnisse ernst.

→ Ihr seid beide gleichberechtigt.

→ Ihr vertraut einander ohne Einschränkung.

→ Ihr dürft auch allein glücklich sein und könnt auch mal etwas mit anderen oder allein unternehmen.

→ Ihr könnt offen miteinander reden.

→ Ihr streitet und vertragt euch wieder.

→ Ihr kümmert euch umeinander.

→ Ihr denkt gern an eure gemeinsame Zukunft.

Was tun bei Liebeskummer?

Liebeskummer erscheint wie das Schrecklichste auf der Welt! Es fühlt sich wie ein Schlag ins Gesicht an, es tut verdammt weh und es kann dir den Boden unter den Füßen wegziehen. Du fühlst dich traurig, wie gelähmt und einsam. Man kann nicht schlafen und nichts essen. Oder man stopft aus Verzweiflung alles in sich hinein. Auf Liebeskummer kannst du dich nicht vorbereiten, und wenn es dich erwischt, weißt du nicht, wie lange er anhalten wird.

Liebeskummer kann dich also ganz schön aus der Bahn werfen und alle deine Lebensbereiche beeinflussen. Umso wichtiger ist es, dass du effektive Methoden zur Hand hast, um ihn schnell wieder loszuwerden. Was als Leitspruch und erste Hilfe dienen kann: Wer dich nicht haben will, der ist es nicht wert, ihm nachzutrauern. Denke immer daran, dass der- oder diejenige etwas Tolles verpasst – und zwar dich!

Wenn du traurig, wütend und verzweifelt bist und so richtig in deinem Liebeskummer festhängst, schaue bewusst hin und entscheide dich: Willst du dich hängen lassen und in der Traurigkeit versinken oder nimmst du es selbst in die Hand und tust etwas dagegen? Du darfst dich durchaus mal hängen lassen. Aber das sollte langfristig nicht zur Regel werden, wenn du wieder aus deinem abgrundtief schrecklichen Gefühlssumpf herauskommen willst. Probiere mal die folgenden Optionen aus.

Gedankenhygiene: Es ist nicht deine Schuld! Zu einer Trennung gehören immer zwei und Schuldzuweisungen machen keinen Sinn. Alles, was passiert ist, ist passiert und du kannst es sowieso nicht mehr ändern. Aber du kannst für die Zukunft daraus lernen.

Deine Gefühle müssen raus: Schreie, weine, mache dir Luft. Alles ist besser, als den Kummer in dich hineinzufressen!

Mache dich nicht klein: Auf keinen Fall solltest du deinen/deine Ex anbetteln, dich zurückzunehmen. Wer nicht will, der hat Pech gehabt!

Lenke dich ab: Verbringe Zeit mit deinen Freunden. Zeit, die dir vorher vielleicht sogar gefehlt hat. Wenn du willst, sprich mit ihnen darüber, wie es dir geht. So kannst du das Chaos in Kopf und Herz besser ordnen.

Gehe raus und mache, worauf du Lust hast!

Weg mit den Triggern: Gegenstände, Bilder, Briefe … solche Erinnerungen machen dir gerade das Leben noch schwerer als es sowieso schon ist. Dieser Schritt tut besonders weh, wird dir aber helfen. Trenne dich radikal von den Dingen, die dich an eure gemeinsame Zeit erinnern!

Suche nach positiven Aspekten der Trennung: Ganz sicher gab es auch Zeiten, Angewohnheiten oder andere Dinge, die nicht gut gelaufen sind und dich genervt haben. Erinnere dich daran.

Zeit heilt alle Wunden: klingt abgedroschen, ist aber so. Nimm dir die Zeit, die du brauchst.

Wie wichtig ist Gleichgewicht in einer Beziehung?

Wenn du eine Partnerschaft möchtest, die auf Dauer funktioniert, ist Augenhöhe ein ganz wesentliches Merkmal. Doch was ist damit gemeint?

Augenhöhe in einer Beziehung bedeutet, dass beide Partner gleich viel wert sind, also die gleichen Rechte und Pflichten haben. Dazu gehört auch, dass ihr euch gegenseitig respektiert und keiner versucht, den anderen zu dominieren. Um diesen Zustand zu erreichen, ist es wichtig, dass ihr offen, ehrlich und wertschätzend miteinander sprechen könnt. Dabei müsst ihr euch immer vor Augen halten, dass ihr 2 verschiedene Menschen mit verschiedenen Geschichten und unterschiedlicher Herkunft seid. Eine gesunde Beziehung zu führen ist auf den ersten Blick eine Herausforderung, aber es ist machbar und irgendwann eine Selbstverständlichkeit. Wenn ihr offen miteinander sprecht, könnt auch ihr das easy schaffen.

Wichtig ist außerdem, dass ihr beide ein gesundes Selbstwertgefühl habt. Denn nur dann kann man die eigenen Wünsche und Grenzen benennen und die des anderen akzeptieren.

Streit ist in einer Beziehung völlig normal. Achtet aber darauf, ob es womöglich immer wieder die gleichen Dinge sind, über die ihr streitet. Das würde bedeuten, dass ihr euch im Kreis dreht. Vorwürfe haben bei einem Streit auch nichts zu suchen, denn sie helfen niemals dabei, eine Situation besser zu machen. Es wird immer etwas geben, worüber ihr euch nicht einigen könnt bzw. für das ihr keinen Kompromiss findet. Dann ist es an der Zeit, unterschiedliche Meinungen und Einstellungen zu akzeptieren und zu tolerieren. Streiten ist wichtig! Wie stabil eure Beziehung ist, könnt ihr auch an eurer Streitkultur ablesen.

Ein weiterer wichtiger Punkt für eine ausgewogene Beziehung ist, den anderen auch mal loslassen zu können und nicht zu klammern. Behaltet eure Selbstständigkeit, eure Freundeskreise und genießt auch Zeit, die ihr getrennt verbringt.

Den weiblichen Zyklus besser verstehen

Dein Menstruationszyklus ist nichts Neues für dich. Deine Periode setzt wahrscheinlich regelmäßig ein. Aber wusstest du, dass dein Zyklus einen enormen Einfluss auf den Rest deines Körpers und deine Psyche haben kann? Und nicht nur das: Dein Zyklus ähnelt den Jahreszeiten. Beide sind wiederkehrend, aber trotzdem nicht immer gleich. Schaue es dir mal an!

Winter – die Menstruationsphase

Während der Periode fühlen sich viele Frauen antriebslos und würden sich am liebsten verkriechen (und Winterschlaf machen). Heißhunger und schlechte Laune wechseln sich ab; Wärmflasche, Tee und Bett sind die liebsten Freunde. Oft kämpft man mit konkreten Menstruationsschmerzen und anderen Symptomen. Kennst du das auch? Diese Phase gleicht einem winterlichen Rückzug. Eine Zeit der Ruhe. Versuche, dich zu schonen und genügend Schlaf zu bekommen.

Frühling – die Follikelphase

Deine Periode ist jetzt vorbei, Heißhunger, Müdigkeit und Periodenschmerzen sind vorbei. Du fühlst dich wieder frei, deine Energie ist zurück und du hast das Gefühl, dass um dich herum alles wieder bunt und schön wird. Deine Haut ist jetzt wieder reiner und du strahlst; wie die Sonne im Frühling. Es ist die Zeit der Erneuerung und des Erwachens.

Diese Zyklusphase kannst du gut nutzen, um deine Ziele zu erreichen, kreativ zu sein und Pläne mit deinen Freunden und der Familie zu schmieden.

Sommer – die Ovulationsphase

Wenn sich dein Östrogenspiegel dem Höhepunkt nähert, hast du noch mehr Energie, dein Eisprung steht kurz bevor und du bist jetzt fruchtbar. Wahrscheinlich umgibst du dich gern mit Menschen, bist motiviert, selbstbewusst und zum Flirten aufgelegt. Wie der Sommer ist es eine Phase der Aktivität. Die Ovulationsphase ist die perfekte Zeit, um an deinen Zielen zu arbeiten, ein neues Hobby anzufangen und um dich mit Leuten zu treffen.

Herbst – die Lutealphase

Mit Beginn der Lutealphase ist der Östrogenspiegel gesunken und Progesteron mischt mit. Die Spiegel dieser beiden wichtigen Hormone schwanken ebenso wie deine Stimmung. Empfindliche Frauen spüren bereits jetzt den nahenden „Winter“: Die unangenehmen Empfindungen sind häufig Heißhunger, Traurigkeit, Gereiztheit, Schmerzen, Spannungsgefühle in den Brüsten und Ähnliches. Bei starker Ausprägung spricht man vom sogenannten prämenstruellen Syndrom (PMS). Es geht darum, mit der Energie gut zu haushalten: eine Phase, in der die Kraft nach innen geleitet und unnötiger Ballast abgeworfen wird, wie die Blätter im Herbst. Die Lutealphase ist perfekt für Spaziergänge an der frischen Luft, aber auch, um den Körper bewusst wahrzunehmen – zum Beispiel mithilfe von Yoga oder gezielten Entspannungsübungen.

Wenn du damit anfängst, die körperlichen und psychischen Veränderungen während deines Zyklus genau zu beobachten, wirst du schnell feststellen, dass auch du deine ganz individuellen Jahreszeiten erlebst.

Mein Körper, meine Entscheidung – gilt das immer?

Prinzipiell schon! Du bist die einzige, die über ihren Körper entscheiden darf. Das heißt aber auch, dass du das bei anderen Menschen akzeptieren musst. Es gibt allerdings ein paar wenige Ausnahmen …

Deine körperliche Unversehrtheit ist das Wichtigste, deshalb dürfen deine Eltern bis zu deinem 18. Lebensjahr in Gefahrensituationen für dich entscheiden. Es gibt einfach Situationen und Ereignisse, deren Reichweite und Folgen junge Erwachsene noch nicht einschätzen können. Das hat nichts damit zu tun, dass man dir die Entscheidung nicht zutraut oder dich für unreif oder dumm hält. Es ist biologisch bedingt, dass dir bis zu einer bestimmten Entwicklungsstufe die Tragweite von Entscheidungen nicht klar sein kann. Auch die noch ungewohnten Hormonschwankungen im Verlauf des Zyklus können deine Entscheidungsfähigkeit beeinflussen. Du hast ja selbst erlebt, was zum Beispiel die Pubertät mit deiner Stimmung und deiner Denkfähigkeit machen kann. Und wenn es um Dinge geht, die dein Leben oder deine Gesundheit in Gefahr bringen könnten, dann dürfen deine Eltern für dich entscheiden.

Außerdem gibt es gesetzliche Vorgaben, an die sich alle Menschen halten müssen. Ein gutes Beispiel ist dabei Alkohol. Hier gibt es spezielle Vorschriften, die in Abhängigkeit von deinem Alter regeln, wann und wo du Alkohol konsumieren bzw. kaufen darfst. Schaue dir dazu gern mal den Text zum Thema Jugendschutzgesetz (Seite 139) an.

Muss ich etwas tun, nur weil es alle machen?

Du musst gar nichts tun – wie du handelst, ist deine Sache und nicht die der Allgemeinheit!

Gerade als junge Frau stehst du manchmal vor schwierigen Entscheidungen. Auf der einen Seite möchtest du dazugehören und mitmachen, auf der anderen Seite gibt es jedoch Handlungen, für die du vielleicht noch nicht bereit bist oder die du nicht magst. Das kann ein ganz schönes Dilemma sein.

Das gilt vor allem dann, wenn es um Sex und Liebe geht. Auch wenn die anderen Mädchen alle einen Freund haben, knutschen, Sex haben – das heißt nicht, dass du das genauso tun musst. Das betrifft auch sexuelle Vorlieben. Es ist völlig in Ordnung, wenn du keine sexuelle Beziehung haben möchtest oder mehr auf Frauen stehst. Es ist deine Entscheidung, wann und wie du Sex haben möchtest oder eben nicht. Das sind wichtige Entscheidungen, die du niemals von anderen Menschen abhängig machen solltest, denn sie haben tiefgreifende Wirkungen und können nicht mehr rückgängig gemacht werden.

Wenn jemand den Wert eurer Freundschaft daran misst, ob und wie du sexuell aktiv bist, solltest du definitiv über eure Freundschaft nachdenken. Echte Freunde respektieren deine Entscheidungen und bewerten diese nicht. Das gilt natürlich auch innerhalb einer Liebesbeziehung. Sexualität ist ein zartes Pflänzchen, das achtsam behandelt werden möchte. Respektiert dein Partner oder deine Partnerin deine diesbezüglichen Grenzen nicht, dann stimmt etwas nicht.

Merke dir: Liebe, Freundschaft und Wertschätzung sind nicht davon abhängig, ob du es anderen recht machst.

Wie sage ich „Nein"?

Vielen Menschen fällt es schwer, „Nein“ zu sagen. Das liegt daran, dass uns oft schon in jungen Jahren beigebracht wird, dass wir Erwartungen erfüllen müssen, um andere nicht zu verärgern oder zu enttäuschen. Dabei ist das Quatsch. Dennoch kann uns das so prägen, dass wir noch als Erwachsene der Überzeugung sind, es anderen immer recht machen zu müssen, um akzeptiert zu werden.

Merke dir:

Ein „Nein“ sollte immer und überall von jedem akzeptiert werden. Schön wäre es, wenn wir in einer Welt leben würden, in der das ohne Wenn und Aber geschieht. Doch leider sind wir davon weit entfernt. Deshalb solltest du lernen, so selbstbewusst wie möglich aufzutreten, wenn es darum geht, etwas abzulehnen. Das kannst du auch gut mit deinen Freunden üben. Denke daran, dass du dir immer Bedenkzeit einräumen darfst. Wenn du dir nicht sicher bist, kannst du dir ruhig Zeit nehmen, darüber nachzudenken.

Du musst deine Entscheidung nicht unbedingt begründen oder erklären! Trotzdem hilft es deinem Gegenüber manchmal, wenn du es doch tust. So kann der- oder diejenige deine Entscheidung besser nachvollziehen. Wenn du dein „Nein“ begründen möchtest, solltest du das kurz und bündig tun, damit es sich nicht wie eine schwammige Ausrede anhört.

Es ist **nicht** unhöflich, „Nein“ zu sagen.

Setze deine Körpersprache ein, um dein „Nein“ zu untermauern. Schaue dein Gegenüber an, stehe gerade und sei dabei selbstsicher.

Wenn du „Nein“ gesagt hast, dann bleibe dabei. Lasse dich nicht von Nachfragen verunsichern. Je klarer du dein „Nein“ formulierst, umso weniger wird der Bittende versuchen, dich umzustimmen.

Wie spreche ich über meine sexuellen Vorlieben?

Egal, ob du sexuell aktiv bist oder nicht: Es ist nie zu spät, zu lernen, wie du über deine sexuellen Vorlieben beziehungsweise darüber, was du vielleicht gern mal ausprobieren möchtest, sprechen kannst. Zuerst einmal ist es aber wichtig, dass du deine eigene Sexualität und deine Wünsche wahrnimmst.

Sexuelle Vorlieben können sich erst noch entwickeln oder auch verändern. Wenn du Lust auf etwas hast, kannst du mit deinem Partner oder deiner Partnerin darüber sprechen, ob ihr es gemeinsam ausprobieren möchtet. Doch wie kann man ein Gespräch über Sex führen? Für viele ist das ein Tabuthema. Nicht darüber zu sprechen, kann aber auf Dauer zu Spannungen in der Beziehung führen.

Bei sensiblen Gesprächsthemen wie Sex macht es Sinn, sich darauf vorzubereiten und nicht mit der Tür ins Haus zu fallen. Warte auf einen ruhigen Moment, wenn ihr zum Beispiel entspannt gemeinsam im Bett liegt. Warte aber nicht zu lang, sonst bekommst du vielleicht kalte Füße.

Du kannst das Gespräch mit der Frage beginnen, ob das gemeinsame Sexleben als zufriedenstellend empfunden wird und/oder ob es spezielle Wünsche gibt. Wenn du Glück hast, kommt dein Thema von allein zur Sprache. Wenn es dann darum geht, deine Wünsche anzusprechen, solltest du vermeiden, ein Gefühl zu vermitteln, dass du euer Sexleben schlecht oder nicht erfüllend empfindest. Du darfst und sollst aber ehrlich sein und klar sagen, was du dir wünschst oder gern mal ausprobieren würdest. Sage auch, dass du es positiv findest, dass ihr offen darüber sprechen könnt.

Wichtig: So ein Gespräch muss nicht todernst geführt werden, man kann auch locker und mit Humor über so etwas sprechen; das macht es oft noch leichter. Schließlich geht es ja auch um eine Sache, die in erster Linie Spaß machen soll.

Versuche auszuloten, in welcher Stimmung dein Partner / deine Partnerin gerade ist und gehe intuitiv vor.

Wie schütze ich mich vor sexuell übertragbaren Krankheiten?

Im Idealfall ist Sex wohltuend, entspannend und macht Spaß. Es spielt dabei keine Rolle, ob du dabei eine feste und monogame Beziehung bevorzugst oder lieber wechselnde Geschlechtspartner hast; das liegt ganz bei deiner Einstellung und deinen Vorlieben.

Ein wichtiges Thema ist allerdings das Risiko, sich eine sexuell übertragbare Krankheit einzufangen – und natürlich auch die Verhütung, um eine ungewollte Schwangerschaft zu verhindern. Mit Kondomen allein ist Verhütung eher unsicher, aber diese haben den zusätzlichen Vorteil, dass sie dich vor sexuell übertragbaren Krankheiten schützen. Das hast du sicherlich schon in der Schule gelernt oder von deinen Eltern gehört. Aber man kann es gar nicht oft genug sagen: Schütze dich!

Achte auch auf deine Körperhygiene, denn falsche oder mangelnde Intimpflege kann ein Auslöser für bestimmte Erkrankungen, wie Pilzinfektionen, sein. So können etwa kleine Verletzungen beim Rasieren dein Ansteckungsrisiko erhöhen, weil sie eine Eintrittspforte für Keime bilden.

Verwende beim Sex Kondome. Es gibt auch sogenannte Lecktücher, denn auch beim Oralsex kannst du dich mit Krankheiten anstecken.

Je besser du deinen Körper kennst, umso schneller erkennst du mögliche Veränderungen oder Krankheitsanzeichen. Wenn tatsächlich mal etwas sein sollte, ist das natürlich sehr unangenehm und es ist dir vielleicht peinlich. Das Wichtigste ist dann: Wenn es sich um eine sexuell übertragbare Krankheit handeln könnte, musst du offen darüber sprechen. Lasse Symptome im Intimbereich immer gynäkologisch abklären. Dann kann auch dein Partner / deine Partnerin ggf. entsprechende Gegenmaßnahmen ergreifen und ihr verhindert einen Ping-Pong-Effekt.

Regelmäßige Frauenarztbesuche sind sowieso gut, denn Vorsorge ist besser als Nachsorge. Dein Arzt oder deine Ärztin kann dich außerdem über gynäkologisch relevante Impfungen beraten. Inzwischen gibt es tatsächlich Impfungen für einige sexuell übertragbare Krankheiten – nutze also diese Chance.

Was ist Sexismus?

Sexismus ist in erster Linie ein absolutes No-Go! Es ist eine Form der Diskriminierung und bedeutet, dass eine Person oder eine Gruppe aufgrund ihres Geschlechts benachteiligt, abgewertet, verletzt oder unterdrückt wird.

Zu einem sexistischen Denken gehört auch, wenn jemand glaubt, dass verschiedene Geschlechter unterschiedlich viel wert seien. Das zeigt sich etwa daran, dass ein Mann manchmal für den gleichen Job mehr Geld erhält als eine Frau.

Leider ist Sexismus in unserer Gesellschaft noch stark verbreitet. Viele von uns denken, dass man sich als Frau auf eine bestimmte Art kleiden sollte oder dass Männer in vielen Dingen besser sind als Frauen. Genauso gibt es immer noch die Vorstellung von geschlechtsspezifischer Aufgabenteilung – nicht nur im privaten Bereich, sondern auch in der Berufswelt.

Sexismus ist übrigens per Gesetz verboten. Im Grundgesetz steht in Artikel 3: "Niemand darf wegen seines Geschlechtes, seiner Abstammung, seiner Rasse, seiner Sprache, seiner Heimat und Herkunft, seines Glaubens, seiner religiösen oder politischen Anschauungen benachteiligt oder bevorzugt werden. Niemand darf wegen seiner Behinderung benachteiligt werden."

Ein sexistisches Verhalten lässt sich in der heutigen Zeit nicht mehr unter den Tisch kehren. Deshalb eine Bitte an dich: Wenn du mitbekommst, dass jemand aufgrund seines Geschlechts diskriminiert wird, setze dich für diese Person ein und unterstütze sie. Sexismus muss aufhören!

Liebe ist für alle da – was bedeutet das?

Jeder Mensch auf der ganzen Welt hat das Recht zu lieben und geliebt zu werden. Dabei ist es einerlei, wie und wem man seine Liebe schenkt. Es gibt unzählige Möglichkeiten.

Lasse dir bitte niemals einreden, dass irgendetwas falsch daran ist, wenn du liebst. Das geht niemanden etwas an. Akzeptanz hat auch etwas mit Liebe zu tun. Wer dich wirklich liebt, wird akzeptieren, was du tust.

Genieße die Liebe mit all ihren wundervollen Facetten! Genieße es, geliebt zu werden!

Was bedeutet Geschlechtsidentität?

Spitze, dass du dich für so etwas interessierst. Denn sobald die Geschlechtsidentität von einer vermeintlichen Norm abweicht, kommt es häufig zu heftigster Diskriminierung – bis hin zu körperlicher Gewaltanwendung. Deshalb ist das in unserer Gesellschaft leider ein großes Tabuthema.

Vielleicht hast du das Wort „Geschlechtsidentität" schon mal gehört. Es ist ein relativ neuer Begriff. Unter Geschlechtsidentität wird das geschlechtliche Selbstverständnis einer Person verstanden. Es ist unabhängig vom biologischen Geschlecht bzw. den äußerlichen Geschlechtsmerkmalen. Das heißt, äußerlich kann jemand beispielsweise wie ein Mann aussehen, sich aber wie eine Frau fühlen. Nur du allein kannst bestimmen, mit welchem Geschlecht du dich identifizierst. Leider wird einem diese Fähigkeit bzw. dieses Recht oft abgesprochen.

Welche Geschlechtsidentitäten kennen wir?

○ Cisgeschlechtlich:

Bei diesen Menschen stimmen das geschlechtliche Selbstverständnis und das biologische Geschlecht überein.

○ Transgeschlechtlich:

Bei Transsexuellen unterscheiden sich das biologische Geschlecht und das Selbstverständnis.

○ Nicht binär:

Diese Menschen möchten oder können sich keinem Geschlecht zuordnen.

○ Genderfluid:

Genderfluide fühlen sich zum Beispiel zeitenweise eher männlich und dann wieder eher weiblich.

○ Bigender:

In diesem Fall existieren zwei Geschlechtsidentitäten, die gleichzeitig da sind oder sich abwechseln.

Dass du dich für dieses Thema interessierst, zeigt, dass du ein tolerанter und offener Mensch bist. Leider sind nicht alle so. Wichtig ist, dass du Menschen so akzeptierst, wie sie sind, auch wenn es dir ungewohnt vorkommt. Du möchtest schließlich auch akzeptiert werden. Die Geschlechtsidentität ist etwas sehr Persönliches und Privates. Jeder Mensch hat das Recht, die eigene Geschlechtsidentität zu bestimmen und sie offen auszuleben; frei und glücklich.

Welche sexuelle Orientierung habe ich?

Das sind wirklich wichtige und tiefgründige Fragen, die du stellst. Ich freue mich, dass du mehr darüber wissen möchtest. Genauso, wie es viele verschiedene Geschlechtsidentitäten gibt, können Menschen auch unterschiedliche sexuelle Orientierungen haben. Dabei geht es darum, zu welchem Geschlecht du dich sexuell hingezogen fühlst. Auch das ist ein privates Thema und sollte Außenstehende eigentlich nicht interessieren. Aber – du kannst es dir sicher schon denken – auch hierbei gelingt es vielen Menschen nicht, zu akzeptieren, und sie denken, dass sie über die Sexualität ihrer Mitmenschen urteilen dürfen. Deshalb ist es echt wichtig, dass du dich mit LBGTQ (Kurzform für alle Geschlechter, Geschlechtsidentitäten und sexuellen Orientierungen) auseinandersetzt und weißt, dass du in Ordnung bist; unabhängig davon, welche Geschlechtsidentität du hast oder welche sexuelle Orientierung. Menschen, die anders sind als erwartet, werden zwar häufig schief angeschaut, aber das darf dich nicht verunsichern. Im Gegenteil: Hier ist Solidarität gefragt, um ein freies und friedliches Leben für alle zu ermöglichen. Wenn du noch unsicher bist, welche sexuelle Orientierung du hast, hilft es, die unterschiedlichen Varianten erst einmal kennenzulernen.

O Heterosexualität

Heterosexuelle Frauen fühlen sich sexuell zu Männern hingezogen; heterosexuelle Männer fühlen sich sexuell zu Frauen hingezogen.

O Homosexualität

Homosexuelle Menschen fühlen sich zu Menschen ihres eigenen Geschlechts sexuell hingezogen.

O Bi-Sexualität

Bisexuelle Menschen können sich sowohl in Frauen als auch in Männer verlieben.

O Pansexualität

Als pansexuell werden Menschen bezeichnet, denen das Geschlecht der Person, in die sie sich verlieben, egal ist. Sie können sich zu mehr als zwei Geschlechtern sexuell hingezogen fühlen.

O Asexualität

Wenn sich Menschen zu niemandem sexuell hingezogen fühlen und/ oder keinen Sex haben wollen, werden sie als asexuell bezeichnet. Asexuelle Menschen verlieben sich und gehen Liebesbeziehungen ein, ohne Sex zu haben.

Wichtig: Du kannst, aber musst dich auf keine sexuelle Orientierung festlegen. Deine sexuelle Orientierung kannst du auch ändern (so oft du willst). Fühle in dich hinein und lasse es einfach auf dich zukommen.

Es muss sich für dich, und nur für dich, richtig anfühlen. Hoffentlich gibt es irgendwann eine Welt, in der Begriffe wie „Coming-out“ oder „outen“ keine Rolle mehr spielen. Sie bedeuten nämlich, dass es davor eine Verheimlichung gegeben hat. Aus Angst, diskriminiert zu werden. Ich wünsche mir, dass es eine Selbstverständlichkeit ist, alle Sexualitäten gleichermaßen zu akzeptieren und zu tolerieren.

Schwangerschaft

Hilfe, bin ich schwanger?

Ich bekomme keine Blutung … Bin ich etwa schwanger? Kann das wirklich sein? Schwanger, in meinem Alter? Ich bin mir sicher, dass dir gerade 1 000 Gedanken und Ängste durch den Kopf jagen. Setze dich erstmal hin und versuche, ganz ruhig zu werden, denn die große Panik ist jetzt gar nicht hilfreich.

Frage dich als allererstes: Wann konkret hattest du deine letzte Periode? (Es gibt übrigens viele andere mögliche Gründe dafür, dass diese mal ausbleibt.) Hattest du ungeschützten Sex und wenn ja, in welchem Zeitraum deines Zyklus?

Wenn die Überlegungen hierzu dafür sprechen, dass du schwanger sein könntest, analysiere eventuelle andere Anzeichen hierfür. Aber Achtung: Deine Wahrnehmung kann dir gerade jetzt ganz leicht einen Streich spielen, denn diese Anzeichen können auch in anderen Situationen auftreten. Dazu gehören:

- Spannungsgefühle in der Brust
- Ziehen im Unterleib
- Müdigkeit
- Morgendliche Übelkeit oder Erbrechen
- Schwindel

- Häufiger Harndrang oder Verstopfung

- Heißhunger

Du siehst, diese potenziellen Anzeichen für eine Schwangerschaft können auch einfach nur deine nächste Periode ankündigen. Um ganz sicherzugehen, solltest du einen Schwangerschaftstest machen. Es gibt Urintests, die du online, in der Apotheke oder in Drogeriemärkten kaufen kannst und zuhause selbst durchführst. Diese Tests zeigen allerdings erst ab zwei Wochen nach einer möglichen Befruchtung ein aussagekräftiges Ergebnis an.

Welche Schwangerschaftstests gibt es?

Wenn du befürchtest, schwanger zu sein, ist es am besten, du machst einen Schwangerschaftstest. Ja, ich weiß, der Schritt ist ziemlich schwer, weil es ziemlich angsteinflößend sein kann. Denn was tust du, wenn der Test wirklich positiv sein sollte? Aber das ist erst der nächste Schritt. Atme also tief durch und mache den Test. Im besten Fall gibt es eine Entwarnung. Wenn nicht, wird sich auch dafür eine Lösung finden. Keinen Test zu machen, ändert ja nun mal nichts an der Tatsache, dass du schwanger sein könntest!

Es gibt verschiedene Möglichkeiten, zu testen. Die unzuverlässige Variante sind entsprechende Fragebögen im Internet. Viel aussagekräftiger sind Tests, die das Vorhandensein des Schwangerschaftshormons HCG überprüfen: Das ist möglich über das Blut oder über den Urin. Eine Blutentnahme kann deine Frauenärztin / dein Frauenarzt durchführen, den Urintest kannst du kaufen und selbst durchführen.

Der Bluttest ist sensitiver und kann das Hormon bereits ca. 6 Tage nach der Befruchtung nachweisen. Im Urin ist es erst nach ca. 14 Tagen nachweisbar. Du solltest den Urintest immer mit dem Morgenurin machen, also direkt nach dem Aufstehen. Denn dann ist die Konzentration des Hormons am höchsten. Das heißt, das Ergebnis ist dann zuverlässiger. Lies auf jeden Fall die Packungsbeilage des Tests genau durch und halte dich an die Vorgaben.

Die 2 bis 5 Minuten Wartezeit beim Test für zuhause können ziemlich krass sein. Vielleicht gibt es jemanden, den du einweihen kannst und der dir beisteht. Falls der Test positiv sein sollte, hättest du dann direkt jemanden bei dir, der mit dir den ersten Schock verdauen kann.

Was soll ich tun, wenn der Test positiv ist?

Das ist natürlich erstmal ein Schock! Setze dich als erstes hin und atme tief durch. Versuche, dich zu entspannen, damit du klare Gedanken fassen kannst. Es gibt für alles eine Lösung. Auch wenn im Augenblick deine Welt zusammenzubrechen scheint, es wird alles gut! Du bist nicht allein. Es gibt für diesen Fall Menschen, die dich unterstützen können.

Zunächst solltest du überlegen, ob es in deinem Freundes- oder Familienkreis jemanden gibt, mit dem du darüber sprechen kannst. Vielleicht sitzt der- oder diejenige bereits neben dir, weil du dir Beistand für den Test geholt hast. Wenn du den Test nicht sowieso schon bei deinem Frauenarzt oder deiner Frauenärztin durchgeführt hast, solltest du dort einen Termin vereinbaren, um das Ergebnis zu bestätigen. Du erfährst dann ggf. auch, wie weit die Schwangerschaft fortgeschritten ist. Außerdem bekommst du eine Beratung, wie es nun weitergehen kann.

Es macht außerdem Sinn, dass du dich bei einer Beratungsstelle meldest und einen Termin ausmachst. Es gibt im Internet Datenbanken, über die du suchen kannst, wo es in deiner Umgebung so etwas gibt. Die Menschen dort sind sehr einfühlsam und können dir professionell bei deinen nächsten Schritten helfen. Sie werden dich über alle Möglichkeiten aufklären – auch über die eines Schwangerschaftsabbruchs.

Ich würde dir empfehlen, diese Termine nicht allein wahrzunehmen. Du musst das nicht allein durchstehen. Idealerweise kannst du den Vater des Kindes mit einbeziehen; schließlich geht ihn das ziemlich viel an! Aber es gibt sicher viele andere Ansprechpartner, die dich unterstützen und dir zur Seite stehen können, egal welche Entscheidung du triffst. Vertraue dich jemandem an, glaube mir, das hilft!

Was erwartet mich bei einer Schwangerschaftsberatungsstelle?

Selbst wenn du noch minderjährig bist, liegt die Entscheidung, ob du das Kind bekommen möchtest, ausschließlich bei dir. Das bedeutet aber auch, dass die Verantwortung ausschließlich bei dir liegt.

Beratungsstellen findest du im Internet unter www.familienplanung.de. Dort kannst du in deinem Umkreis nach einer Beratungsstelle suchen.

In einer Schwangerschaftsberatungsstelle arbeiten Menschen, die darauf spezialisiert sind, junge Frauen in dieser Situation wertfrei zu beraten. Du bist nicht die erste, der das passiert ist. Dir werden deine Möglichkeiten und die jeweiligen Vorgehensweisen dargelegt. Niemand wird dir eine Entscheidung aufzwingen, sondern sie ganz und gar dir überlassen und dich dann dabei unterstützen. Der Ansprechpartner in der Beratungsstelle wird außerdem wissen wollen, wie deine persönliche und familiäre Situation ist, und prüfen, ob du tatsächlich in der Lage bist, selbst zu entscheiden. Wenn du unter 16 Jahre bist, kann es aber sein, dass du deine Schwangerschaft nicht ohne das Einverständnis deiner Eltern abbrechen kannst.

Gut zu wissen: Die Beratenden unterliegen einer Schweigepflicht. Das heißt, dass nichts von dem nach außen dringen wird, was ihr miteinander besprecht. Auch deine Eltern werden nichts davon erfahren. Aber ganz ehrlich: Wenn du ein gutes Verhältnis zu deinen Eltern hast, empfehle ich dir, offen mit ihnen darüber zu sprechen.

Du musst dich nicht sofort entscheiden, welchen Weg du gehen möchtest. Das solltest du auch nicht vorschnell oder leichtfertig tun. Nimm dir alle Zeit, die du brauchst. Spreche eventuell mit deinem Partner, mit deiner Familie und/oder deinen besten Freunden. Finde heraus, wer dich zusätzlich unterstützen könnte.

Wenn du bereit bist, triffst du deine Entscheidung. Hier gibt es kein Richtig oder Falsch. Es geht nur darum, was für dich das Beste ist.

Wie spreche ich mit meinen Eltern über meine Schwangerschaft?

Ich kann mir gut vorstellen, dass ein Gespräch mit deinen Eltern über deine Schwangerschaft wohl eines der schwersten Gespräche in deinem Leben ist. Mache dir eines bewusst: Du kannst dich nicht davor drücken, denn wenn du das Kind bekommen willst, lässt sich das nicht lange verheimlichen. Also bringst du es am besten so schnell wie möglich hinter dich. Du schaffst das!

Wenn du die Schwangerschaft abbrechen möchtest, musst du das nicht unbedingt mit deinen Eltern kommunizieren, da kommt es ganz darauf an, wie das Verhältnis zu deinen Eltern ist. Dann suchst du dir aber bitte anderen Beistand, denn dieser Schritt ist sehr einschneidend.

Ich möchte dir nichts vormachen – das Gespräch wird sicher erstmal sehr unangenehm. Aber was kann denn im schlimmsten Fall passieren? Deine Eltern lieben dich und werden sicher ihr Bestes geben, um dir zu helfen. Stelle dich im Vorfeld darauf ein, dass deine Neuigkeiten erstmal nicht auf riesengroße Freude stoßen werden. Du weißt ja, wie schockiert du selbst warst, als du den positiven Test in der Hand hattest. Gib deinen Eltern etwas Zeit, um diese Information sacken zu lassen.

Warte unbedingt auch einen guten Zeitpunkt ab. Auf keinen Fall solltest du es ihnen nebenbei oder wenn sie gerade sowieso schon gestresst sind, sagen. Warte auf einen Moment, in dem ihr euch nahe seid und die Stimmung entspannt ist. Du kannst versuchen, das herbeizuführen, indem du zum Beispiel einen gemeinsamen Spiele- oder Fernsehabend vorschlägst. Du könntest sogar einen thematisch passenden Film aussuchen. Und dann musst du einfach mutig sein und ihnen ehrlich erzählen, was los ist – am besten kurz und schmerzlos. Vielleicht kannst du den Termin bei der Beratungsstelle schon vorher ausmachen und ihnen erzählen, dass du dorthin gehen wirst. Das zeigt ihnen gleich, dass du Verantwortung für dein Handeln übernimmst.

Vielleicht reagieren deine Eltern im ersten Augenblick sogar böse und fangen an zu schimpfen. Verzeihe ihnen das. Ich bin mir sicher, dass sie es nicht wirklich böse meinen. Sage ihnen dann, dass du ihre Reaktion verstehst und dass du ihnen die Zeit geben möchtest, die sie brauchen. Schlage vor, dass sie in Ruhe darüber nachdenken sollen und ihr euch zu einem späteren Zeitpunkt für ein neues Gespräch zusammensetzt.

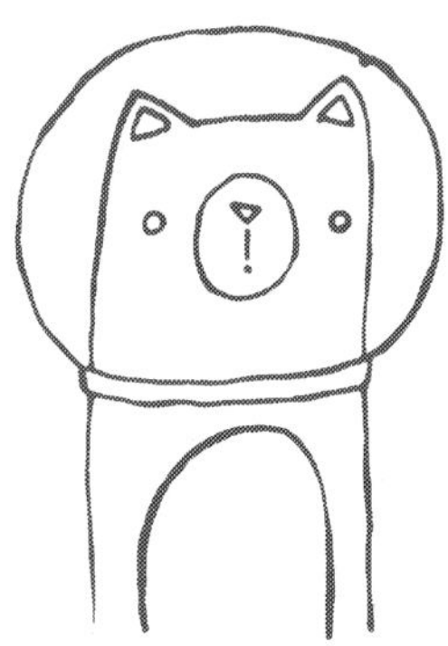

Wie kann ich mit dem Vater des Kindes sprechen?

Eine nicht leicht zu beantwortende Frage. Es kommt zunächst einmal darauf an, in welchem Verhältnis ihr zueinandersteht und ob ihr miteinander eine Beziehung führt. Aber eines musst du dir klar machen: Obwohl die Entscheidung, ob du das Kind behalten möchtest, ganz klar bei dir liegt – der Vater des Babys hat ein Recht darauf, zu erfahren, dass du schwanger bist.

Auch hier gilt: Sage es ihm kurz und schmerzlos, einfach geradeheraus. Warte eine ruhige Minute ab, in der ihr zu zweit seid. Er wird schockiert und sich überrumpelt fühlen – das Gefühl kennst du ja selbst. Das kann dazu führen, dass seine erste Reaktion unfair und blöd ist. Nimm dir das bitte nicht zu Herzen, sondern gib ihm ein bisschen Zeit, sich an den Gedanken zu gewöhnen.

Wenn ihr dann über die Schwangerschaft sprecht, kannst du ihn natürlich fragen, wie er mit der Situation umgehen möchte. Aber noch mal: Die endgültige Entscheidung liegt einzig und allein bei dir. Trotzdem ist es natürlich wichtig, vorher zu wissen, ob er dich bei deiner Entscheidung unterstützt.

Nehmt euch die Zeit, verschiedene Szenarien durchzuspielen und darüber nachzudenken, wie ihr euch die Zukunft vorstellt. Das kann dabei helfen, eine Entscheidung zu fällen und damit auch umgehen zu können. Auf diese Weise werden euch die nächsten Wochen und Monate nicht mehr so gruselig erscheinen. Du bist nicht allein, denn er sitzt mit dir im selben Boot.

Soll ich das Kind bekommen?

Wenn du darüber nachdenkst, das Kind zu behalten und großzuziehen, solltest du dir darüber im Klaren sein, dass es dein ganzes Leben verändert wird.

Du kannst ein Kind nicht nebenbei großziehen. Es braucht gerade in den ersten Jahren deine volle Aufmerksamkeit und du musst Tag und Nacht die Verantwortung für ein kleines Wesen übernehmen. Deine Welt wird sich komplett verändern. Schule oder Ausbildung stehen nun nicht mehr an erster Stelle und du wirst womöglich pausieren müssen, wenn du niemanden hast, der dich zu diesen Zeiten unterstützen kann. Ein Kind kostet auch Geld, das irgendwie verdient werden muss. Eventuell braucht ihr eine eigene Wohnung. Du wirst die ersten Monate wenig schlafen und es wird viele Tage (und Nächte) geben, an denen du restlos überfordert bist.

Auf der anderen Seite kommt dieses kleine Wesen in dein Leben und du wirst es so bedingungslos lieben, wie du noch nie jemanden geliebt hast. Es wird jede schlaflose Nacht wert sein.

Aber all dies sind Dinge, die auch gelten, wenn du erst in 10 Jahren ein Kind bekommen würdest. Wichtig ist, dass du zu 100 % hinter deiner Entscheidung stehst. Es gibt kein Zurück mehr, wenn du nach der Geburt feststellst, dass dir das im Moment doch alles zu viel ist. Mache dir deshalb vorher bewusst, was es bedeutet, ein Kind zu haben. Sprich nach Möglichkeit auch mit anderen jungen Müttern darüber und frage sie nach ihren Erfahrungen.

Entscheidung Schwangerschaftsabbruch – welche Folgen hat das?

Minderjährige Mädchen haben in Deutschland die gleichen Rechte wie eine erwachsene Frau, wenn es um das Thema Schwangerschaftsabbruch geht. Das heißt, dass für dich die gleichen gesetzlichen Voraussetzungen wie bei Volljährigen gelten, um eine Schwangerschaft straffrei abzubrechen. Sie sind im § 218 des Strafgesetzbuches verankert. Verpflichtend ist eine Beratung bei einer Schwangerschaftskonfliktberatungsstelle vor dem Termin, es sei denn, es gibt einen medizinischen oder kriminologischen Grund dafür. Wichtig zu wissen ist auch, dass ohne einen solchen Grund ein Abbruch nicht unbegrenzt lang möglich ist. So dürfen seid der Empfängnis nicht mehr als 22 Wochen vergangen sein. Zudem ist ein Abbruch, sowohl psychisch als auch körperlich leichter, je eher er vorgenommen wird. Lass dich hiervon nicht unter Druck setzen, aber suche lieber zeitnah eine Beratungsstelle auf um alle Möglichkeiten abwägen zu können.

Wenn du über 16 bist, kannst du ganz allein über einen Abbruch entscheiden. Wenn du zwischen 14 und 16 Jahren alt bist, kann der Arzt oder die Ärztin entscheiden, ob du noch die Zustimmung deiner Eltern brauchst oder reif genug bist, selbst zu entscheiden.

Wenn du dich für einen Schwangerschaftsabbruch entscheidest, hast du das Recht auf umfassende Beratung, angemessene ärztliche Versorgung und respektvolle Behandlung. Auch nach dem Abbruch kannst du dich beraten und unterstützen lassen.

Ein Schwangerschaftsabbruch kann eine große psychische Belastung sein. Sei dir dessen bewusst, wenn du dich dafür entscheidest. Nutze bei Bedarf bitte unbedingt die Angebote der nachträglichen Betreuung.

Welche Entscheidung soll ich treffen?

Du weißt, dass das eine Frage ist, die nur du allein beantworten kannst. Was für das eine Mädchen richtig ist, muss für dich nicht automatisch auch das Richtige sein. Wichtig ist, dass du dir Zeit nimmst, deine Entscheidung gut zu durchdenken, und dir alle Szenarien vorstellst. Bis zu 22 Wochen nach der Empfängnis kannst du dich für einen Schwangerschaftsabbruch entscheiden. Danach lässt sich die Entscheidung, das Kind zu bekommen, nicht mehr ändern.

Der Gedanke, jetzt schon ein Kind zu bekommen, macht dir sicher große Angst. Das ist völlig normal. Angst ist zwar ein schlechter Ratgeber, aber du solltest sie trotzdem ernst nehmen. Versuche, deinen Ängsten auf den Grund zu gehen, aber mache deine Entscheidung nicht nur von ihnen abhängig. Angst bringt uns häufig dazu, etwas zu vermeiden, weil wir der Angst aus dem Weg gehen wollen. Manchmal verpassen wir dann aber auch etwas.

Bei der Entscheidungsfindung solltest du absolut ehrlich zu dir sein. Du bist es, die hierfür die Konsequenzen trägt, und das ist im Falle eines Kindes eine sehr lange Zeit. Denke deshalb wirklich nur an dich und an das, was du willst. Fälle die Entscheidung also nicht, um deinem Freund einen Gefallen zu tun oder weil du Angst davor hast, was andere von dir denken und sagen.

Mache dir alle Konsequenzen bewusst. Um Pro und Kontra gegeneinander abzuwägen, hilft es, die Dinge aufzuschreiben. Sei dabei so realistisch wie möglich. Schaue dir deine Liste immer wieder an, ergänze sie ggf. und beobachte, wie du dich beim Lesen fühlst.

Nicht zuletzt kannst du natürlich auch die Argumente deiner Eltern, des Kindsvaters und dessen Eltern in deine Entscheidung mit einbeziehen.

Finde heraus, ob du Unterstützung beim Aufziehen eines Kindes erhalten würdest und hake nach, wie das konkret umgesetzt werden könnte. Vielleicht erleichtert dir das die Entscheidung.

Denke immer daran, dass es bei dieser Entscheidung kein allgemeingültiges Richtig oder Falsch gibt. Jede Konstellation ist anders und du musst eine Entscheidung treffen, mit der du leben kannst, und die dich glücklich macht. Triff die für dich beste Entscheidung!

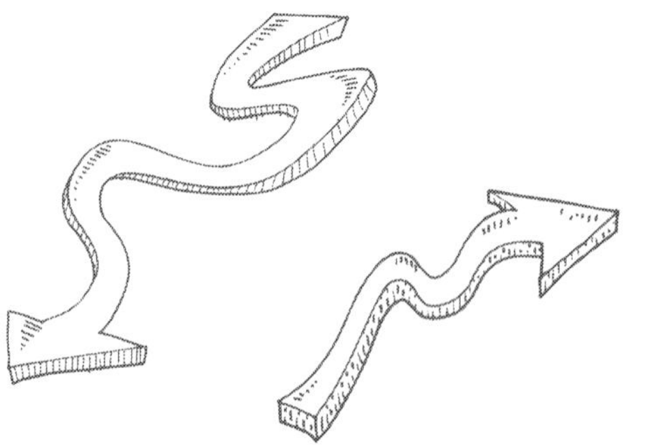

Wie komme ich zu Geld?

Gute Frage. Wenn du die Antwort kennst, kannst du sie mir gern verraten … Spaß beiseite: Es gibt jede Menge Möglichkeiten, als Jugendliche Geld zu verdienen. Ich bin mir sicher, dass du welches gebrauchen kannst, da es ja auch jede Menge Möglichkeiten gibt, Geld auszugeben.

Hier in paar Ideen …

Gibt es in deiner Nachbarschaft Familien mit kleinen Kindern? Dann frage sie doch mal, ob sie ab und zu einen Babysitter benötigen. Wenn du die Kinder schon kennst, ist es noch besser. Du kannst auch im Freundes- und Bekanntenkreis deiner Eltern danach fragen. Als Babysitterin kannst du meist etwa 10 Euro pro Stunde verdienen.

Hast du in der Schule ein Lieblingsfach, in dem du besonders gut bist? Dann könntest du mit Nachhilfeunterricht Geld verdienen. Du kannst Mitschüler fragen oder anderweitig recherchieren, ob es an deinem Wohnort eine Nachhilfeschule gibt. Auch ein einfacher Aushang am schwarzen Brett in der Schule oder in einem Supermarkt wirkt manchmal Wunder. Eine Nachhilfestunde dauert in der Regel 45 bis 90 Minuten. Dafür kannst du zwischen 7 und 15 Euro pro Stunde verlangen.

Du kannst natürlich auch verschiedene Hilfsarbeiten in deiner Nachbarschaft anbieten: zum Beispiel Rasenmähen oder andere Gartenarbeiten, Hilfe beim Ernten oder beim Einkochen, Einkaufen für ältere Menschen oder diesen einfach Gesellschaft leisten.

Zeitungen austragen darfst du ab dem 13. Lebensjahr. Sobald du 15 bist, kannst du bis zu 8 Stunden täglich als Aushilfe in Betrieben arbeiten. Also zum Beispiel in Restaurants, im Kino, bei einer Bäckerei oder im Supermarkt. An Schultagen ist das natürlich nicht möglich, aber an den Wochenenden und in den Ferien. In den Ferien darfst du allerdings maximal 4 Wochen Vollzeit (35 – 40 Stunden pro Woche) arbeiten.

Wie wichtig ist Geld?

Es gibt Menschen, die behaupten, dass Geld uns glücklich macht. Was denkst du? Stimmt das?

Ich würde sagen: jein. Auf der einen Seite kann Geld Bedürfnisse befriedigen und natürlich auch Wünsche erfüllen. Wir können uns schöne und praktische Dinge kaufen, wir können reisen, wir können eine Wohnung und leckeres und gesundes Essen bezahlen. Es ist schön, wenn man sich keine Gedanken darüber machen muss, wie man die nächste Miete bezahlt. Geld kann also ein entlastender Faktor für unsere Psyche sein. Aber um rundum glücklich zu sein, reicht Geld allein meines Erachtens nicht aus. Denn wir können uns weder Freunde noch Familie oder Gesundheit und Wohlbefinden kaufen. Und dies sind doch die Faktoren, die im Wesentlichen dazu beitragen, dass wir happy sind. Außerdem stellt sich mir die Frage, ob es wirklich die materiellen Dinge sind, die uns auf Dauer glücklich machen. Sind es nicht vielmehr schöne Erlebnisse, Erinnerungen und Erfahrungen, an die wir mit einem Glücksgefühl zurückdenken? An was erinnerst du dich, wenn du an glückliche Tage denkst?

Geld ist wichtig, da es dir ermöglicht, ein sicheres Zuhause und Essen zu haben. Aber um glücklich zu sein, bedarf es meiner Meinung nach mehr.

Außerdem darfst du nicht vergessen, dass das Geld nicht von den Bäumen fällt, sondern du dafür arbeiten musst. Je mehr Geld du bekommen möchtest, umso mehr musst du dafür arbeiten. Die meisten Menschen, die viel Geld haben, haben dementsprechend wenig Zeit, es auszugeben.

Du merkst schon: Wie bei allem im Leben kommt es auch hier auf die richtige Balance an.

Macht Sparen Sinn?

Geld zu sparen ist eine richtig gute Idee. Denn wenn du ein Geldpolster hast, kannst du einfach entspannter in die Zukunft blicken. Du hast dann zum Beispiel Geld für den Führerschein, ein Auto oder deine erste eigene Wohnungseinrichtung.

Jetzt fragst du dich bestimmt, wie du von deinem bisschen Taschengeld auch noch etwas sparen sollst. Aber das geht tatsächlich! Am besten beginnst du erst einmal damit, aufzuschreiben, wofür du dein Geld so ausgibst. Oft ist das Geld einfach plötzlich weg und man kann sich gar nicht mehr so genau daran erinnern, wofür man es eigentlich ausgeben hat. Deshalb: Schreibe jede Ausgabe auf, und sei sie noch so klein. Dabei fällt dann oft auf, dass manche Ausgaben eigentlich sinnlos waren. Das geht aber auch Erwachsenen so, dass sie ihr Geld für Kram ausgeben, der nicht wirklich benötigt wird. Das kann durchaus schockierend sein, wenn man sich mal bewusst macht, wie schnell das Geld dahinschwindet ... und wofür.

Diese Erkenntnisse helfen dabei, einen Sparplan im Kleinen auszutüfteln. Wenn zum Beispiel 50 % deines Geldes für Coffee-to-go draufgehen, wäre vielleicht ein Thermobecher oder eine Thermoskanne eine gute Investition. So kannst du Kaffee von zuhause mitnehmen und sehr viel Geld (und Müll) sparen.

Geld, das du auf diese Weise einsparst, solltest du am besten aus deinem Sichtfeld schaffen. Dazu kannst du es zum Beispiel auf ein Konto einzahlen und dir langfristig ein finanzielles Polster anlegen.

Wie plane ich meine Finanzen?

Je früher du lernst, deine Finanzen richtig zu organisieren, umso besser. Denn auch das verhilft dir zu mehr Geld auf dem Konto.

Das A und O für perfekt geplante Finanzen ist ein Haushaltsuch. Ja, ich weiß, das klingt langweilig und altbacken, aber genau so behältst du deine Finanzen im Blick. Mittlerweile gibt es dafür sogar Apps. Du musst also nicht jeden Euro in ein Heft schreiben.

Es geht darum, zu protokollieren, wie viel Geld du einnimmst und wie viel du wofür ausgibst. So hast du immer den Überblick, wie viel Geld dir gerade zur Verfügung steht. Das wird vor allem dann wichtig, wenn du bald in deinen eigenen 4 Wänden wohnst. Und es verhindert übrigens auch zuverlässig, dass du mehr Geld ausgibst als du hast. Ganz wichtig ist, dass du keine Schulden machst, denn die steigen schneller an, als du gucken kannst.

Sobald du siehst, was du wann und wofür ausgibst, kannst du entscheiden, wo du Geld einsparen kannst. Du solltest außerdem langfristig denken und finanzielle Ziele setzen. Auf der Grundlage deines Haushaltsbuches kannst du ausrechnen, wie viel du dafür jeden Monat zurücklegen musst. Plane auch immer ein extra Budget für unvorhersehbare Ausgaben oder etwas, das du dir zwischendurch mal gönnen willst, ein.

Wie vermeide ich Schulden?

Die Grundlage ist auch hier das Haushaltsbuch – du siehst, wenn du deine Finanzen im Griff haben willst, kommst du nicht drum herum. Denn so kannst du sehen, ob du über deine Verhältnisse lebst. Wenn du feststellst, dass gerade zu wenig Geld da ist, kannst du mit einer Ausgabe warten, bis sich das wieder ändert.

Um Schulden zu vermeiden, solltest du außerdem auf Kredite verzichten; auch auf eine Kreditkarte. Zumindest so lange, bis du jeden Monat ein ordentliches Gehalt bekommst. Ich weiß, Kredite sind bequem. Sie ermöglichen, schnell an Geld zu kommen, wenn man es dringend braucht. Aber denke daran, dass du dann Geld ausgibst, das dir gar nicht gehört und das du zurückzahlen musst.

Deshalb: Bevor du eine größere Anschaffung machst, überlege genau, ob es wirklich so dringend ist, und verschiebe den Zeitpunkt lieber ein bisschen nach hinten, bis du das Geld gespart hast.

Genauso verhält es sich mit dem Dispokredit. Das ist ein von der Bank festgelegter Betrag, um den du dein Konto überziehen kannst. Auf den ersten Blick praktisch, aber die Zinsen sind so hoch, dass du durch das Überziehen schnell Geld verlierst, denn Zinsen werden so lang erhoben, bis du wieder im Plus bist. Lass also am besten auch davon die Finger.

Ansonsten solltest du darauf achten, deine Rechnungen immer sofort zu bezahlen. Wenn du mal allein wohnst, haben Miete, Strom und Heizung immer Vorrang, denn schließlich möchtest du nicht auf einmal ohne Wohnung dastehen oder im Kalten/Dunkeln sitzen. Außerdem ersparst du dir unnötige Mahngebühren.

Um den Überblick zu behalten, ist es besser, mit Bargeld zu bezahlen statt mit EC-Karte. Studien haben gezeigt, dass man weniger Geld ausgibt, wenn man bar bezahlt.

Das liegt wahrscheinlich daran, dass der Blick in ein leeres Portemonnaie dir unmittelbar verdeutlicht, dass dein Geld alle ist.

Onlineshopping – Fluch oder Segen?

Onlineshopping ist großartig. Im Internet gibt es alles, was das Herz begehrt. Und das Beste: Du kannst es dir mit einem Klick direkt nach Hause schicken lassen. Onlineshopping ist bequem und praktisch und 24 Stunden am Tag verfügbar. Aber so toll sich das auch anhören mag – Onlineshopping birgt auch einige Gefahren.

Gerade weil es so einfach ist und zugegebenermaßen Spaß macht, kann es ganz schnell zur Sucht werden. Dieses Einfache und Bequeme, der schnelle Klick zum gewünschten Produkt, macht es so verlockend. Außerdem gibt es im Internet, egal wo man hinsieht, Sonderangebote. Da kann man doch nicht „Nein" sagen ... Es gibt viele Menschen, die genau deshalb vom Onlineshopping magisch angezogen werden und nicht damit aufhören können. Es ist dann wie bei jeder anderen Sucht. Man nimmt sich vor, nur noch dieses eine Mal online zu bestellen und danach aufzuhören. Und genau so geht es immer weiter. Falls du das Gefühl hast, dass es dir auch so ergeht, solltest du unbedingt mit deinen Eltern sprechen, um dir Hilfe zu suchen.

Die potenzielle Suchtgefahr ist nicht das einzige Problem. Beim Onlineshopping kann man leicht in eine Schuldenfalle geraten. Eben weil es so einfach ist. Zweimal geklickt und schon ist dein Paket auf dem Weg zu dir. Das Schlimme daran: Du musst kein Geld in die Hand nehmen und verlierst so das Gefühl dafür, ob du dir etwas überhaupt leisten kannst. Du musst nicht einmal vorher deinen Kontostand prüfen. Hinzu kommt, dass online oft angeboten wird, den Einkauf erst später oder in Raten zu bezahlen. Aber so können aus ein paar Bestellungen ganz schnell unüberschaubar viele Rechnungen werden.

Was soll ich mal werden?

Viele denken, dass die erste berufliche Entscheidung die Weichen für das gesamte restliche Leben legt und sind verzweifelt, wenn sie nicht wissen, in welche Richtung es gehen soll. Dabei ist das gar nicht so. Es gibt immer die Möglichkeit, sich beruflich umzuorientieren. Also entspanne dich wieder und überlege dir einfach mal, was du gern machst und wo deine Interessen liegen. Schlüpfe gedanklich in verschiedenste Berufsrollen und nimm wahr, wie du dich dabei fühlst – als Bäckerin, Ärztin, Fotografin ...

Du kannst dich auch darüber informieren, welche Berufe es gibt, die zu dir und deinen Interessen passen. Um herauszufinden, welcher davon dir wirklich Spaß machen könnte, solltest du einfach hineinschnuppern. Du kannst zum Beispiel nach der Schule oder in den Ferien Praktika absolvieren, um die in Frage kommenden Berufsfelder kennenzulernen.

Du musst dich außerdem nicht sofort entscheiden. Nach der Schule hast du die Möglichkeit, ein freiwilliges soziales, ökologisches oder kulturelles Jahr zu machen. Das hilft dabei, eine mögliche Richtung kennenzulernen und echte Arbeitserfahrung zu sammeln. Je nachdem, bei welcher Organisation du das machst, kannst du dabei sogar schon ein bisschen Geld verdienen oder erhältst kostenlose Unterkunft und Verpflegung.

Es macht Sinn, diesen Entscheidungsprozess frühzeitig zu beginnen. Dann kannst du in Ruhe herausfinden, was dich interessiert und wo du dich vielleicht im Berufsleben siehst. Dann hast du auch mehr Zeit dafür, dich zu erkundigen, wie man eine Bewerbung schreibt und worauf es in einem Vorstellungsgespräch besonders ankommt.

Beruf oder Berufung?

Die meisten Menschen wünschen sich einen Beruf, der sie hundertprozentig erfüllt und Spaß macht – eben eine Berufung ist. Doch die eigene Berufung zu finden, ist in den meisten Fällen nicht ganz leicht und eher ein langfristiger Prozess.

Ein Beruf ist eine Tätigkeit, bei der du deine Arbeitskraft zur Verfügung stellst und dafür mit Geld bezahlt wirst. Der Begriff Beruf beschreibt also nur die Tätigkeit, ohne jegliche Wertung und unabhängig davon, ob es einem gefällt. Für einen Beruf entscheidet man sich bewusst, und er ist in der Regel an eine Ausbildung gekoppelt.

Eine Berufung dagegen ist eine Tätigkeit, mit der du dich zusätzlich identifizieren kannst und die du gern und aus absoluter Überzeugung ausübst. Sie erfüllt dich und macht dich glücklich.

Nun stellt sich zu Recht die Frage, ob Arbeit denn Spaß machen muss.

Da sage ich ganz klar: Alles kann, nichts muss. Wenn du tatsächlich eine Berufung findest und die Chance bekommst, damit Geld zu verdienen – ergreife diese Möglichkeit! Geld mit etwas zu verdienen, das dich auf diese Weise erfüllt, ist wie ein Sechser im Lotto: perfekt und einfach das Beste, was dir passieren kann! Aber mache dir eines klar: Glücklich kannst du auch dann werden, wenn dein Beruf keine Berufung ist.

Setze dich niemals unter Druck, eine Berufung finden zu müssen. In der Regel klopft diese von allein an deiner Tür. Wenn das geschieht, lasse sie herein und empfange sie mit offenen Armen.

Studium oder praktische Ausbildung – was passt zu mir?

Die Entscheidung zwischen praktischer Ausbildung und Studium ist nicht leicht. Beides hat seine Vorteile und Nachteile. Ich weiß, das ist jetzt keine befriedigende Antwort, aber nur du kannst das entscheiden. Nicht zuletzt kommt es darauf an, was du werden möchtest und wie du es werden kannst. Manche Berufe erfordern ein Studium, manche erlernt man überwiegend durch eine praktische Ausbildung.

Ich werde dir zumindest die jeweiligen Vorteile der beiden Bildungswege zeigen.

Für eine praktische Berufsausbildung spricht, dass du von Anfang an Geld verdienst, mehr praktische Erfahrungen sammelst und dich sofort in einem Unternehmen einbringen kannst. Du lernst direkt die verschiedenen Facetten deines künftigen Berufes kennen und weißt schneller, ob dir die Tätigkeit gefällt. Wenn du Glück hast, wirst du nach der Ausbildung direkt übernommen. Das heißt, dass du dir weniger Sorgen machen musst, ob du später auch einen Job findest.

Für ein Studium spricht, dass dir mit einem akademischen Abschluss später mehr Möglichkeiten zur Verfügung stehen. Studien zeigen, dass Hochschulabsolventen seltener arbeitslos sind. Sie haben außerdem eine größere Chance, die Karriereleiter zu erklimmen und höhere Positionen, zum Beispiel in leitender Funktion, zu erreichen. Das heißt im Klartext, dass du dann auch mehr Geld verdienst.

Um dich zu entscheiden, könntest du ganz klassisch eine Pro-und-Kontra-Liste anfertigen. Du kannst auch mit Freunden darüber sprechen oder die Erfahrungen anderer erfragen. Letztendlich liegt die Entscheidung bei dir. Aber auch hier gilt: Deine Entscheidung ist nicht in Stein gemeißelt.

Wie kann ich beurteilen, was echt ist?

So cool Social Media auch ist – es birgt durchaus Gefahren. Um dich sicher in den sozialen Netzwerken zu bewegen, solltest du ein paar Kleinigkeiten beachten.

Ein großes Problem stellen Fake-Profile dar. Wenn du die Menschen nicht live siehst, kannst du dir nie zu 100 % sicher sein, wer sich wirklich hinter den Bildern und dem Profil versteckt. Du musst jetzt nicht paranoid werden, aber ein bisschen Vorsicht ist immer gut.

Fake-Profile sind in erster Linie nervig, denn die meisten zielen darauf ab, deine Daten abzugreifen, um sie zu verkaufen. Ein Teil davon sind sogenannte Bots. Das sind Computerprogramme, die automatisch und ohne menschliche Hilfe immer wieder die gleichen Aufgaben abarbeiten. In diesem (negativen) Fall geht es um die Beeinflussung von Nutzerverhalten.

Es gibt aber auch Fake-Profile, hinter denen sich reale Personen verstecken. Sie wollen nicht als sie selbst erkannt werden, weil sie zum Beispiel bestimmte Waren oder Dienstleistungen bewerben, oder weil sie in Online-Diskussionen aufhetzen wollen (#hassimnetz). Und dann gibt es leider auch immer wieder Männer, die sich als junger und attraktiver Kerl ausgeben, um dich „klar zu machen", dich also zu sexuellen Handlungen zu überreden.

Ein Fake-Profil erkennst du zum Beispiel daran, dass die Fotos unscharf oder verpixelt sind. Das liegt daran, dass die Bilder unerlaubt aus dem Internet heruntergeladen oder aus Gruppenfotos ausgeschnitten wurden. Es kann aber auch so sein, dass die Bilder wie professionelle

Modelbilder aussehen und nicht zum Rest des Profils passen. Wenn du so etwas checken möchtest, kannst du die Bilder in die Google-Bildersuche kopieren und schauen, woher sie kommen. Du kannst auch den Namen des Nutzers googeln. Im Allgemeinen gilt: Schaue dir das Profil genau an und untersuche es auf Ungereimtheiten. Wenn du ein Fake-Profil entlarvt hast, solltest du es bei der Plattform melden.

Wenn du eine Nachrichten- oder Freundschaftsanfrage von einer fremden Person bekommst, sei erst einmal vorsichtig. Gesundes Misstrauen ist völlig okay. Du kannst Anfragen auch geradewegs ablehnen. Auf keinen Fall solltest du deine Adresse, Telefonnummer oder Geld versenden.

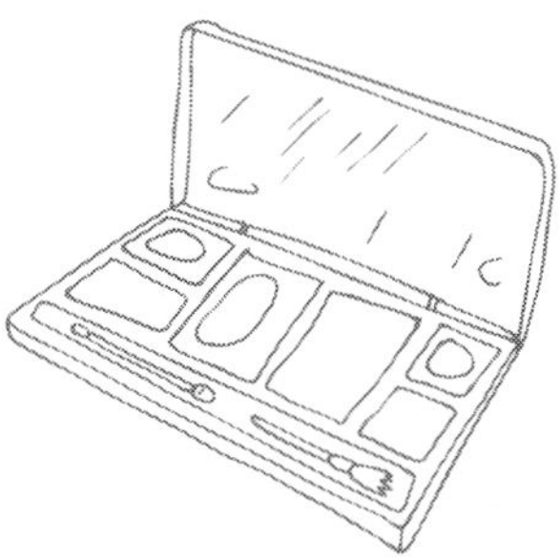

Was ist Cybermobbing und wie gehe ich damit um?

Cybermobbing ist genauso bescheuert wie Mobbing im realen Leben. Ein nicht zu unterschätzender Unterschied besteht darin, dass das Internet nicht vergisst und die Mobbingattacken eventuell noch Jahre später online zu finden sind. Außerdem kann man sich Cybermobbing nicht so leicht entziehen, denn das Internet ist überall.

Mobbende Menschen sind im Internet oft noch gemeiner, weil sie sich hinter einem Computer verstecken können. Manche legen sich sogar extra hierfür ein Fake-Profil zu und fühlen sich dann richtig stark. Auch beim Cybermobbing macht eine Person oder eine Gruppe eine andere Person systematisch und immer wieder fertig. Dazu zählen zum Beispiel fiese Nachrichten über WhatsApp, Beleidigungen über Facebook oder gemeine Kommentare bei Instagram. Es kann sehr unterschiedlich ausgeprägt sein. Zum Cybermobbing zählen außerdem Belästigung / Verfolgung, die Androhung von körperlicher Gewalt, sozialer Ausschluss, gegenseitiges Provozieren, Beschimpfungen, Online-Veröffentlichung entwürdigender Fotos oder Videos sowie Identitätsdiebstahl.

Cybermobbing findet meist rund um die Uhr statt und greift somit massiv in das Privatleben des Opfers ein. Da das Publikum (die Nutzer der Social-Media-Plattform) groß ist, schließen sich häufig automatisch immer mehr Leute an. Zuschauer, die das Opfer eigentlich unterstützen möchten, trauen sich dagegen oft nicht – aus Angst, das nächste Opfer zu werden.

Die Täter bleiben oft anonym; dadurch sinkt die Hemmschwelle weiter und die Angriffe werden immer gemeiner und grausamer. Cybermobbing kann wirklich schlimme Folgen für das Opfer haben und ist definitiv nichts, das man auf die leichte Schulter nehmen sollte. Es kann zu schweren psychischen Problemen bis hin zum Suizid führen.

Wenn du Opfer bist, solltest du bitte unbedingt mit einem Erwachsenen darüber sprechen. Cybermobbing ist eine Straftat und kann/sollte angezeigt werden. Zusätzlich kannst du das betreffende Profil auf der Plattform melden. Im besten Fall werden sie dann gelöscht.

Worum gehts bei #bodyshaming?

Bodyshaming ist vor allem in den sozialen Netzwerken ein großes Thema. Dabei werden Personen aufgrund ihres Aussehens abgewertet, indem das angebliche Fehlen bestimmter „Schönheitsideale" angeprangert wird. Zuweisungen dieser Art lauten: zu dünn, zu dick, behaart, unbehaart etc. Wenn jemand eine andere Person fertigmachen will, erfindet sie abartigste Gründe. Die Wahrheit ist, dass Bodyshaming nichts mit dem Körper des Opfers zu tun hat, sondern lediglich die hochgradig gestörte Persönlichkeit der Täter oder Täterinnen zutage fördert.

Bodyshaming äußert sich oft direkt, in Form von abwertenden Kommentaren und Beleidigungen. Es kommt aber auch indirekt zum Einsatz, zum Beispiel dann, wenn dicke Menschen im Beruf benachteiligt oder von Ärzten nicht umfassend behandelt werden.

Doch warum machen manche Menschen so etwas? Kann ihnen nicht egal sein, wie andere aussehen? Die Antwort ist ganz einfach: Sie fühlen sich selbst minderwertig und wollen sich besser fühlen, indem sie andere erniedrigen. Dabei tun sie oft so, als würden sie sich um den Gesundheitszustand des Opfers sorgen und als wollten sie diese für etwas motivieren, zum Beispiel abzunehmen. Ein zweifelhafter Beweggrund, denn Bodyshaming sorgt in Wahrheit dafür, dass die Opfer sich mehr und mehr aus der Gesellschaft zurückziehen.

Das Gegenkonzept zu #bodyshaming ist #bodypositivity. Diese steht dafür, dass jeder Körper schön ist und dass der Wert eines Menschen nicht durch seinen Körper bestimmt ist. Leider ist es in unserer Gesellschaft so, dass Körperlichkeit und Aussehen nach wie vor ein viel zu hoher Wert beigemessen wird. Und solange das so ist, wird es auch Bodyshaming geben.

Deshalb bleibt dir nur die Möglichkeit, dir diese schädlichen Mechanismen bewusst zu machen und dich davon zu befreien. Beteilige dich niemals daran. Fühle deine Stärke und lebe mit deiner eigenen Überzeugung im Einklang. Fördere dein Selbstbewusstsein und erkenne deinen Wert.

Haters gonna hate – was bedeutet das?

Kennst du das Hashtag #hatersgonnahate? Im Deutschen bedeutet es „Lass die Leute reden". Das heißt: Was auch immer du tust; es wird immer Leute geben, denen das nicht gefällt. Klingt erstmal schockierend. Aber überlege doch mal: Im Umkehrschluss heißt das ja, dass du so sein darfst, wie du willst und du keine Rücksicht darauf nehmen musst, was andere von dir denken. Du kannst nicht jedem gefallen; also brauchst du dich auch nicht anpassen oder verbiegen!

Das klingt doch ziemlich gut, oder?

Das Hashtag #hatersgonnahate bringt zum Ausdruck, dass du über den gemeinen Sprüchen und dummen Kommentaren von Hatern stehst. Du kannst #hatersgonnahate zum Beispiel dann verwenden, wenn du etwas postest, das vielleicht auf Kritik stoßen könnte. Mit diesem Hashtag kannst du Hatern den Wind aus den Segeln nehmen und klarstellen, dass dir fiese Kommentare egal sind und du sie ignorierst. Im besten Fall lassen es die Hater dann tatsächlich bleiben.

Warum können Internet-Trends und Challenges gefährlich sein?

Auf Social Media verbreiten sich Trends rasend schnell. Du kennst ganz sicher auch Performances auf TikTok, die auf einmal jeder kopiert und postet, trendige Filter oder Challenges. Von einem Tag auf den anderen ist dein ganzer Newsfeed voll mit Storys von Leuten, die sich dabei filmen. Die meisten davon sind harmlos und sollen einfach nur Spaß machen. ABER: Vor allem unter den Challenges gibt es einige gefährliche Aktionen, die fatale Auswirkungen haben können. Teilweise können sie sogar lebensgefährlich sein. Leider ist das vielen egal; Hauptsache, sie erhalten mehr Likes und viele Kommentare.

Ein Beispiel für gefährliche Challenges ist die „Salt & Ice Challenge", bei der man sich Salz auf die Haut streut und dann einen Eiswürfel darauflegt. Klingt erstmal ziemlich easy und harmlos, ist aber in Wirklichkeit ziemlich gefährlich, denn es kann zu ernsthaften Erfrierungen der Haut kommen.

Die Zimt-Challenge ist genauso bescheuert: Man wird dazu ermuntert, einen Löffel Zimt zu essen. Wo ist das Problem? Wenn du dich dabei verschluckst, kann das zum Erstickungstod führen.

Genauso gefährlich ist es, Selfies auf Bahngleisen zu machen und zu posten oder sich auf andere Weise für ein Foto in Lebensgefahr zu bringen. Wenn man das, was da so getrieben wird, einfach mal in Worte fasst, klingt es genauso dumm, wie es ist, oder? Und trotzdem machen es tagtäglich viele Tausende Menschen.

Die schiere Masse an Nutzern, die so etwas nachmachen, lässt einen schnell mal eben denken, dass diese Trends doch gar nicht so gefährlich sein können. Das führt dazu, dass auch Jugendliche diese ausprobieren – mit teilweise schlimmen Folgen. Zum Beispiel lag eine Junge nach der Zimt-Challenge im Koma und wäre fast gestorben. Das ist nur ein Beispiel von vielen.

Aber ich weiß, du bist schlau und hast deinen eigenen Kopf. Bevor du also blindlings einem neuen Trend folgst, überlege, ob das wirklich eine gute Idee ist. Nutze deine Intelligenz und hinterfrage auch Dinge, die (unbegreiflicherweise) alle machen.

Was ist Cybergrooming?

Jetzt wird es richtig ernst: Von Cybergrooming spricht man, wenn Erwachsene gezielt Minderjährige manipulieren. Das Ziel hierbei ist, das Opfer in eine Falle zu locken und sexuellen Missbrauch zu betreiben. Es werden gezielt Minderjährige auf sozialen Plattformen gesucht und angeschrieben. Manchmal mit dem persönlichen Erwachsenen-Account oder mithilfe eines auf jugendlich getrimmten Fake-Profils. Cybergrooming ist sexueller Missbrauch im Internet.

Du möchtest wissen, wie so etwas abläuft?

Die Täter schreiben ihr minderjähriges Opfer erst einmal ganz locker an und versuchen, eine Beziehung zu ihm aufzubauen. Schnell lenken sie den Chatinhalt dann auf sexuelle Themen, fragen nach Fotos und sexy Videos. Jetzt fragst du dich vielleicht, wie jemand auf die Idee kommen kann, solchen Menschen dann tatsächlich etwas zu schicken. Zum einen: Minderjährige sind ideale Opfer, weil ihnen die Erfahrung fehlt und sie sich vielleicht nichts dabei denken. Oder sie haben ein geringes Selbstwertgefühl und fühlen sich durch die Anmache geschmeichelt. Zum anderen sind solche Täter in der Regel sehr gut darin, ihre Opfer so zu manipulieren und unter Druck zu setzen, dass sie es tun. Wenn sie mit einem Fake-Profil agieren, glauben die Opfer möglicherweise tatsächlich, dass sie mit einem gleichaltrigen „Freund“ chatten, der ihnen gefällt.

Teilweise ist Erpressung im Spiel, etwa indem angedroht wird, der Familie des Opfers Gewalt anzutun, wenn den Aufforderungen nicht entsprochen wird. Sobald auch nur ein Foto oder Video verschickt ist, haben die Täter etwas in der Hand, um das Opfer weiter zu erpressen, meist, indem sie androhen, das Material zu veröffentlichen. Deshalb trauen sich die Opfer auch nicht, mit anderen darüber zu sprechen und sich Hilfe zu suchen.

Deshalb: Sei bitte vorsichtig, wenn du von fremden Profilen angeschrieben wirst. Checke, ob es sich um ein Fake-Profil handelt und verschicke vor allem niemals persönliche Daten, wie Adresse und Telefonnummer. Und auf gar keinen Fall solltest du Nacktbilder oder sexy Videos von dir verschicken.

Das Internet vergisst nichts – wie schütze ich mich?

Du hast es bestimmt schon tausend Mal gehört: Bitte überlege dir genau, was du im Internet von dir postest! Warum ist das so wichtig, schließlich teilt doch heutzutage jeder alles?

Mache dir das bewusst: Jeder kann einen Screenshot von deinen Bildern machen oder sie einfach so herunterladen. Das heißt, fremde Menschen haben dann deine Fotos auf ihrem Handy und/oder Computer. Sie können sie weiterschicken, auf anderen Seiten hochladen und sogar bearbeiten. Und das alles, ohne dass du es weißt.

Noch viel wichtiger ist aber Folgendes: Auch wenn du einen Post oder ein Bild wieder löschst, kann es trotzdem online zugänglich bleiben. Denn du löschst ja nur deinen originalen Post und nicht die Daten, die hierfür auf den Servern der Plattformen gespeichert wurden oder das, was andere Leute vielleicht daraus gemacht haben. Das von dir gelöschte Bild kann also noch gefunden werden. Wenn es mit deinem Namen verlinkt ist, kann dich das später vielleicht sogar mal die Chance auf einen Job kosten. Denn es ist tatsächlich so, dass manche Arbeitgeber ihre potenziellen Kandidaten googeln.

Das heißt nicht, dass du jetzt sofort all deine Profile löschen sollst – es geht ja nur darum, einen sorgfältigen und vorausschauenden Umgang mit den sozialen Medien zu betreiben. Wenn du dich vor den möglichen Folgen schützen möchtest, solltest du im Vorfeld überlegen, was du teilen möchtest und ob es dir unter Umständen jetzt oder langfristig schaden könnte.

Vorsicht, das Internet kann süchtig machen! Stimmt das?

Es macht Spaß, im Internet unterwegs zu sein. Du kannst deine Freunde treffen, chatten, surfen, spielen … Doch eine Begleiterscheinung kennen wir alle: Man nimmt sich etwa vor, nur noch mal kurz Instagram zu checken und wenn man danach das Smartphone aus der Hand legt, sind auf einmal 3 Stunden um. Im Internet scheint die Zeit schneller zu ticken. So kommt es, dass wir fast unbemerkt viel zu viel Zeit im Internet verbringen. Und das ist nur eines von vielen Problemen.

Die Gefahr, sich im Internet zu verlieren, ist besonders groß, wenn wir mit unserem realen Leben unzufrieden sind. Die Flucht in die Online-Welt ist unkompliziert. Wir können Freunde überall auf der Welt haben, uns anders darstellen als wir sind oder uns in eine Fantasiewelt flüchten. Die Möglichkeiten sind nahezu unbegrenzt.

Wie fühlt sich eine Abhängigkeit an? Viele denken, dass man abhängig ist, wenn man den Großteil seiner Zeit im Internet verbringt. Ein Stück weit stimmt das auch. Aber viel mehr als das ist es Abhängigkeit, wenn man nur noch dann Glück verspüren kann, wenn man online ist. Wenn man sich als eine Art Avatar besser fühlt als in der realen Welt. Auch das Gefühl, dass man etwas machen muss, obwohl man es gar nicht mehr unbedingt will, ist ein Hinweis für Abhängigkeit – es ist wie ein Zwang. Irgendwann schafft man es nicht mehr, weniger im Internet zu surfen. Das zeigt sich dann zum Beispiel dadurch, dass man unruhig, nervös und gereizt ist, wenn der Zugang zum Internet mal nicht möglich ist. Eine Sucht führt oft auch zu Streit mit Personen, die dir nahestehen. Wenn du süchtig bist, nimmst du das in Kauf, da das Internet am wichtigsten für dich ist.

Wenn du merkst, dass soziale Medien, Internetspiele oder auch Nachrichtenportale das Wichtigste in deinem Leben darstellen und du an nichts anderes mehr denken kannst; wenn das Internet dein „Seelentröster“ wird und du Probleme und Streit mit anderen in Kauf nimmst, nur um online sein zu können – dann hast du höchstwahrscheinlich ein Problem.

Nimm diese Anzeichen bitte ernst, sei ehrlich zu dir selbst und suche dir Hilfe, zum Beispiel bei Beratungsstellen, im Freundeskreis, bei Familienangehörigen oder Vertrauenspersonen in der Schule. Du bist mit dieser Sucht nicht allein und sie betrifft mehr Menschen, als du denkst. Dir kann geholfen werden! Du musst nur den ersten Schritt machen und Hilfe annehmen.

#nofilter – warum sind so viele gegen Filter?

Bei Instagram, aber auch bei TikTok oder Facebook finden sich immer wieder Beiträge mit dem Hashtag #nofilter. Was das bedeutet?

Bei diesem Hashtag geht es um die Kritik an der scheinbar perfekten Welt, die im Internet gezeigt wird. Dazu zählen eben auch Gesichtsfilter. Manche sagen, dass solche Filter unser Selbstbild zerstören. Tagtäglich sehen wir „wunderschöne" Menschen auf Facebook oder Instagram. Sie sind perfekt gestylt, haben pfirsichweich erscheinende, saubere Haut, seidig glänzende Haare und symmetrische Gesichter. Die Filter, die benutzt werden, sind teils dezent und gar nicht sichtbar, aber sehr effektiv. Schnell entsteht der Eindruck, dass diese Menschen wirklich so aussehen und das auch direkt nach dem Aufstehen oder wenn sie krank sind. Und dann schauen wir in unseren eigenen, realen Spiegel und sehen unsere nicht gekämmten Haare, die fettglänzende Nase und den Pickel auf unserer Stirn. Wir vergleichen uns mit diesen Menschen, die uns nicht ihr echtes Gesicht zeigen. Das schwächt ganz klar unser Selbstvertrauen, zerstört unser positives Selbstbild oder stärkt ein negatives Selbstbild, das wir womöglich mit uns herumschleppen. Wir fühlen uns unter Druck gesetzt, genauso auszusehen. Bei diesen speziellen Filtern übersehen wir, dass das, was wir sehen, nicht real ist.

Das Hashtag #nofilter will darauf hinweisen, wenn ein Bild oder Video ohne Manipulation eingestellt wurde. Aktivisten und Aktivistinnen fordern außerdem, dass Bilder und Videos, bei denen ein Filter benutzt wird, gekennzeichnet werden müssen. Finde ich eine großartige Idee! Und du?

Wie kann ich meine Bildschirmzeit regulieren?

Du hast dir wahrscheinlich schon den Punkt über eine mögliche Internet-Sucht durchgelesen. Um erst gar nicht in die Nähe einer möglichen Sucht zu kommen, macht es Sinn, seine Bildschirmzeit zu regulieren. Dadurch gewinnst du kostbare Zeit und behältst den Blick für die Realität.

Sei ehrlich: Wie oft hattest du dein Smartphone heute schon in der Hand? Die meisten Menschen verbringen zu viel Zeit am Handy. Das ist neben den psychischen Auswirkungen auch schlecht für die Augen und fördert Nacken- und Kopfschmerzen. Es gibt aber ganz einfache Tricks, um die Bildschirmzeit zu reduzieren und zu regulieren.

Am besten beginnst du damit, deine tägliche Bildschirmzeit zu erfassen. Die meisten Smartphones haben hierfür eine eingebaute Funktion. Dort kannst du ablesen, wie lange du täglich dein Handy nutzt. Genau mithilfe dieser Funktion kannst du dir auch ein zeitliches Limit setzen. Um das Limit erfolgreich einhalten zu können, sind folgende Änderungen hilfreich: Deinstalliere unwichtige Apps, deaktiviere Pushnachrichten, stelle dein Smartphone auf lautlos und aktiviere den Graustufen-Modus (Farben verleiten uns dazu, das Handy zu nutzen).

Außerdem solltest du das Handy aus deinem Schlafzimmer verbannen; nimm es auf keinen Fall mit ins Bett. Auch wenn es bei den meisten Handys mittlerweile einen Nachtmodus für das wachmachende Blaulicht des Displays gibt – wir neigen dazu, immer wieder zum Handy zu greifen, wenn es daliegt, und das stört deinen Schlaf auch.

Wenn das erledigt ist, solltest du dir deine Aktivitäten bewusst machen. Du kannst daddeln, wenn du möchtest. Lass das Handy aber beiseite, wenn du liest, isst, dich mit Freunden triffst oder am Strand liegst.

Körperkult in den Medien – wie gehe ich damit um?

Ganz einfach: Mache dich frei davon!

Der Schönheitswahn in den Medien und den sozialen Netzwerken wird immer verrückter. Schon junge Influencer und Influencerinnen machen keinen Hehl daraus, dass sie sich Botox spritzen oder Fett absaugen lassen. Für einige von diesen stellen solche Eingriffe beim Schönheitschirurgen Einnahmequellen dar: Sie bekommen die Eingriffe kostenlos und machen als Gegenleistung Werbung dafür. „Kleine" Eingriffe werden als Normalität dargestellt. Prinzipiell darf das jeder so machen, wie er oder sie es möchte. Aber ich persönlich finde es falsch, es aussehen zu lassen, als wären Behandlungen mit Botox oder chirurgische Eingriffe etwas so normales wie ein Zahnarztbesuch. Ist es nicht!

Ich muss dir sagen, mich nervt dieser Körperkult. Was soll das, Menschen das Gefühl zu geben, als müssten sie „perfekt" aussehen, um etwas wert zu sein? Was heißt überhaupt „perfekt"? Dieses „Wettrüsten", um den von wem auch immer entworfenen Schönheitsidealen nachzujagen, führt einzig und allein zu Minderwertigkeitskomplexen. Es kann Jugendliche in die Schuldenfalle treiben, wenn sie vermittelt bekommen, dass sie nur dann eine Daseinsberechtigung haben, wenn sie dem entsprechen. Oder in die Krankheit. Oder sogar in den Tod.

Mache dir immer wieder aufs Neue bewusst, dass Bilder und Videos in den sozialen Netzwerken in vielen Fällen nicht der Realität entsprechen. Es werden Filter benutzt, die Körperform und Gesicht grundlegend verändern können.

In der realen Welt sind es keine Filter, sondern massive körperliche Eingriffe. Eingriffe dieser Art sind gefährlich, schmerzhaft und teuer. Falle also nicht darauf herein – es ist nicht alles Gold, was glänzt. Sei du selbst und fokussiere dich stattdessen darauf, dich so wie du bist, zu akzeptieren und zu lieben. Denn du bist es wert!

Endlich ohne Limit abfeiern?

Mit 18 bist du alt genug, um ohne Einschränkungen zu feiern. Es warten abenteuerliche, lustige und wilde Nächte auf dich und deine Freunde … Ich wage es mal, anzumerken, dass es hierbei den einen oder anderen Aspekt zu bedenken gilt, damit du auch etwas davon hast. Und: So ganz und gar ohne Einschränkungen geht das auch als Erwachsener nicht!

Du willst Spaß haben, das ist schon klar. Gerade, wenn du die ersten Male feiern gehst, ist das sehr aufregend. Damit das nicht in Leichtsinn ausartet und womöglich gefährlich wird, macht es Sinn, wenn du dich ein bisschen auf die Feierei vorbereitest.

Mein erster echter Profitipp: Schaffe eine gute Grundlage. Iss unbedingt etwas, bevor du feiern gehst, damit du genug Energie hast. Falls du vorhast, Alkohol zu trinken, trägt das Essen auch dazu bei, dass es dich nicht sofort umhaut.

Zweiter Profitipp: Trinke bei Alkoholkonsum immer viel Wasser zwischendurch. Auf diese Weise kommt dein Körper besser mit dem Alkoholpegel klar und du wirst weniger Folgeerscheinungen wie Kopfweh haben.

Sehr wichtig: Plane schon vorher deinen Heimweg. Vielleicht kann dich jemand abholen? Wenn du mit Bus oder Bahn nach Hause fährst, solltest du dir dafür genug Kleingeld einstecken, damit du am Ende nicht ohne Ticket dastehst. Wenn du trinkst, darfst du nicht selbst fahren – auch nicht mit dem Fahrrad oder Moped. Das solltest du unbedingt beachten, um dich und andere nicht in Gefahr zu bringen.

Wenn du keinen Alkohol trinken möchtest, ist das umso besser. Stelle dich aber darauf ein, dass dir jemand ein Alkoholgetränk in die Hand drücken wird. Bleibe dir in diesem Fall treu und lehne ab! Das darfst du.

Dritter Profitipp: Achte auf dich und andere. Bleib mit deinen Freunden zusammen. Wenn du siehst, dass jemand aus deiner Clique zu viel getrunken hat, biete deine Hilfe an. Wenn du zu viel getrunken hast, suche dir Hilfe und lasse dich nach Hause bringen oder abholen. Achte auch auf dein Getränk. Warum? Wegen Drink spiking. Tatsächlich häufen sich Fälle, in denen jemand heimlich Drogen oder K.-o.-Tropfen in dein Getränk gibt.

Kleiner Profitipp am Rande: Wenn du willst, dass du ohne Streit mit deinen Eltern wieder mit deinen Freunden feiern gehen darfst, halte dich auch als über 18-Jährige an die Verabredungen mit ihnen.

Warum ist „Zeit für mich“ so wichtig?

Zeit, die du ausschließlich dir selbst schenkst, ist ein wichtiger Bestandteil der Selbstfürsorge. Es ist Zeit, in der du tun und lassen kannst, was du möchtest. Es bedeutet, dass du dir eine wohlverdiente Auszeit von deinem Alltag nimmst, abschaltest und das tust, was dir guttut.

Das klingt fabelhaft, oder? Und das Beste daran ist, dass solche Auszeiten richtig gesund sind. Deshalb solltest du sie regelmäßig in deinen Alltag einplanen.

Finde heraus, was dich glücklich macht und dir ein gutes körperliches Gefühl gibt. Die einzige Regel dabei ist: Bei der Selbstfürsorge solltest du dich auch tatsächlich nur auf dich konzentrieren. Also weg mit dem Handy und Fernseher aus. Verbringe wertvolle Zeit mit dir selbst.

Selbstfürsorge führt dazu, dass du immer wieder Energie auftankst; so kannst du im stressigen Alltag viel leichter deine innere Ruhe bewahren. Damit verhinderst du, dass dir eines Tages alles über den Kopf wächst oder du unter dem Stress des Alltags zusammenbrichst.

Du fragst dich, was du dabei tun könntest? Du könntest zum Beispiel Tagebuch schreiben, spazieren gehen, ein Instrument oder eine Sprache lernen, Sport machen, meditieren, malen, mal wieder ausschlafen oder Entspannungsübungen machen.

Wie kann ich kreativ sein?

Es ist eine schöne Idee, dass du dich kreativ betätigen willst! Es macht Spaß und fördert die Konzentration! Kreativität kann dein Leben bereichern und ein Weg sein, deine Persönlichkeit auszudrücken.

Übrigens: Kreativität hat nichts mit Können zu tun. Kreativ kann jeder sein. Die Freude daran, Neues auszuprobieren und zu erschaffen, fördert Selbstbewusstsein, Abenteuerlust, Offenheit und Gelassenheit. Kreativität hilft auch dabei, Probleme und Situationen leichter und schneller zu lösen. Das liegt daran, dass wir dabei von klassischen Denkstrukturen abweichen. Und in der Folge begegnen wir automatisch auch Herausforderungen mit neuen Ansatzpunkten und Ideen. Du siehst, Kreativität ist also viel mehr als Malen und Basteln. Kreativität macht glücklich.

Wenn du nun nach meinem Loblied auf die Kreativität selbst aktiv werden möchtest, dann los! Verliere keine Zeit. Probiere zum Beispiel mal einen sogenannten Creative Walk: Gehe raus in die Natur. Lasse während deines Spaziergangs alle Eindrücke ungefiltert auf dich einwirken und deine Gedanken schweifen. Aus den Eindrücken können später tolle Ideen entstehen. Du kannst aber auch darauf abzielen, neue Orte zu entdecken. Fahre zum Beispiel an einen dir unbekannten Ort und schaue dich neugierig um. Neue Eindrücke fördern deinen Einfallsreichtum.

Hast du schon mal etwas vom Rückwärtsdenken gehört? Der absolute Gamechanger! Es kommt aus der Arbeitswelt und ist eine Herangehensweise für die Planung von Aufgaben und Projekten. Du fängst dabei am Schluss an, statt am Anfang. Stelle dir also zuerst das Ergebnis deiner Arbeit bildlich vor. Von dort ausgehend erarbeitest du dir rückwärts die Schritte, wie du zu dem Ergebnis kommst. So kannst du Denkblockaden auflösen und völlig neue Lösungswege finden. Eine wunderbare Übung für deine Kreativität.

Kreativität wird auch gefördert, indem du dich mit möglichst verschiedenen Menschen umgibst, die dich motivieren. Halte dich dagegen von Menschen fern, die alles nur negativ sehen. Das sind echte Kreativitätskiller.

Das Wichtigste ist, dass du dich auf deine Kreativität einlässt. Nur so wagt sie sich hervor, um zu bleiben und zu fließen.

Wie kann ich nachhaltiger leben?

Wenn wir unsere Erde retten möchten, müssen wir alle nachhaltiger leben. Keiner verlangt, dass diesbezüglich alles immer perfekt gelingt. Aber wir müssen noch heute damit anfangen, unsere Lebensweise zu hinterfragen und zu ändern. Dass du das hier gerade liest, ist ein erster Schritt!

Der erste Tipp ist leicht umzusetzen: Trinke Leitungswasser! So vermeidest du unnötigen Müll durch Einwegflaschen, Kosten für Recycling und sparst Wege ein. Es schont Energie und Ressourcen, die zur Herstellung von Plastik oder neuen Glasflaschen sowie für das Abfüllen und den Transport benötigt werden. In Deutschland wird das Leitungswasser streng kontrolliert. Es ist deshalb ungefährlich, dies zu trinken, sofern die Leitungswege frei von Schadstoffen sind. Außerdem kannst du dir eine wiederverwendbare Trinkflasche zulegen, um dein Wasser auch unterwegs dabeihaben zu können.

Du tust der Umwelt auch etwas Gutes, wenn du weniger Fleisch isst beziehungsweise ganz darauf verzichtest. Wenn du Fleisch essen möchtest, dann sollte es aus tierfreundlicher Haltung stammen; am besten wäre Bio-Qualität. Massentierhaltung schadet der Umwelt: Sie belastet Grundwasser, Luft und Boden. Außerdem verbraucht sie sehr große Mengen an Energie und Wasser.

Deshalb sind auch andere Produkte aus Massentierhaltung, wie Butter, Milch, Käse und Eier nicht sehr umweltfreundlich und beruhen auf Tierleid.

Nachhaltig lebst du auch, wenn du selbst kochst, anstatt Fertiggerichte zu kaufen. Es spart Energie und Verpackungsmüll; und ganz nebenbei ist es gesünder, denn du entscheidest selbst, was in deinem Essen landet.

Achte darauf, bewusster einzukaufen und weniger wegzuschmeißen. Das gilt für Essen, aber auch für Kleidung und andere Dinge. Kleidung kannst du zum Beispiel auch weitergeben oder selbst gebraucht kaufen.

Auch bei der Körperpflege kannst du nachhaltiger sein: Die Produkte, die du nutzt, sollten kein Palmöl, Mikroplastik oder Aluminium beinhalten. Verpackung lässt sich auch einsparen: Zunehmend kommen feste Pflegeprodukte, wie Shampoo Bars oder festes Duschgel, auf den Markt.

Auch kleine Änderungen können etwas bewegen. Also fange einfach damit an. Wenn jeder mit kleinen Schritten beginnt, können wir gemeinsam immer mehr bewirken.

Wie kann ich mich sozial engagieren?

Sich sozial zu engagieren, macht glücklich! Und zwar nicht nur die Menschen oder Tiere, um die du dich kümmerst, sondern auch dich. Es ist also eine super Idee!

Es gibt unzählige Möglichkeiten, wie du dich sozial engagieren kannst. Du hilfst dabei anderen und kannst gleichzeitig etwas für dich mitnehmen. Du lernst Mitgefühl und Empathie und erwirbst praktische Kenntnisse. Vielleicht gefällt dir die Art deines Engagements so gut, dass es dir einen Hinweis darauf gibt, wo du später mal arbeiten möchtest.

Es gibt medizinische Einrichtungen, wie Alten- und Pflegeheime, die immer nach Unterstützung suchen. Du kannst dich auf vielfältige Weise dort einbringen, etwa indem du Zeit mit den Bewohnern verbringst, ihnen vorliest oder mit ihnen spazieren gehst. Du kannst aber auch in deiner Nachbarschaft fragen, wer Hilfe gebrauchen könnte.

Hast du schon mal was von der „Tafel“ gehört? Das ist eine Organisation, die überschüssige Lebensmittel aus Supermärkten oder Restaurants sammelt und an bedürftige Menschen verteilt. Die Lebensmittelausgabe ist regional unterschiedlich organisiert. Ob auch in deiner Gegend Menschen gesucht werden, die bei der Ausgabe helfen, kannst du einfach erfragen. Schau dazu einfach mal auf die offizielle Internetseite der Tafel Deutschland, dort kannst du einen Standort in deiner Nähe suchen und bekommst weitere Informationen.

Geld- oder Sachspenden für einen guten Zweck zu sammeln, ist eine weitere Möglichkeit. Veranstalte selbst einen Flohmarkt und spende das Geld oder sammle in deiner Nachbarschaft, bei Bekannten und Verwandten Dinge ein, die nicht mehr benötigt, aber noch funktionsfähig sind. Achte bei den Sachspenden darauf, dass sie in einem sehr guten Zustand sind. Alle gemeinnützigen Organisationen freuen sich über Spenden dieser Art.

Du kannst dich auch ehrenamtlich für geflüchtete Menschen engagieren. Du kannst dir zum Beispiel einen Tandempartner suchen: Du bringst diesem Deutsch bei und im Gegenzug lernst du dessen Sprache. Vereinen, die mit Geflüchteten arbeiten, hilft es auch, wenn du ihre Message weiterleitest und andere Menschen darauf aufmerksam machst, wie diesen geholfen werden kann.

Wenn du Tiere magst, ist vielleicht ein Engagement im Tierschutz oder bei deinem örtlichen Tierheim für dich geeignet. Die Angestellten freuen sich, wenn sie weitere Freiwillige haben, die ihnen zur Hand gehen und zum Beispiel regelmäßig mit einem Hund spazieren gehen.

Wenn du es eine Nummer größer willst, kannst du dich für einen sogenannten Freiwilligendienst bewerben. Voraussetzung ist, dass du die Vollzeitschulpflicht erfüllt hast. Du arbeitest dann für mehrere Monate ehrenamtlich bei einer teilnehmenden Organisation, irgendwo auf der Welt.

Was hilft mir gegen miese Laune?

Jeder ist mal schlecht drauf – das kannst und darfst du auch mal zulassen. Das Gute ist, dass früher oder später immer der Moment kommt, in dem die miese Laune wieder verschwindet und du den Ärger und die schlechte Stimmung einfach abschütteln kannst, ohne dass du etwas dafür tun musstest.

Es gibt viele Tipps und Tricks, die du anwenden könntest, um die Abwendung von mieser Laune zu beschleunigen. Aber am effektivsten ist es tatsächlich, wenn du einfach damit aufhörst, schlechte Laune zu haben. Ja, ich weiß, das klingt nicht sehr hilfreich. Aber: Wenn du dich bewusst dafür entscheidest, dich dann aufrichtest, die Schultern nach hinten ziehst und die Brust nach vorne streckst, dann bewirkt das meist ein kleines Wunder. Zeige deine Größe und dein Selbstbewusstsein und lächle. Probiere es einfach mal aus!

Wenn du kein Lächeln über die Lippen bringst, suche dir etwas, worüber du sonst lachen kannst: Rufe eine Freundin an, mit der du gut herumalbern kannst, schaue dir einen witzigen Film an oder lasse dir von deinen Geschwistern Witze erzählen. Auch Gute-Laune-Mantras können helfen. Sage dir zum Beispiel immer wieder laut: „Das Leben ist kein Ponyhof, und das ist auch gut so, denn ich mag gar keine Pferde." Denke dir einen lustigen Spruch aus und spreche ihn laut aus, sobald du schlechte Laune hast. Im besten Fall bekommt das jemand mit und lacht laut los. Du wirst sehen, das ist ansteckend!

Wie schädlich ist Alkohol tatsächlich?

Viele Jugendliche finden es normal, regelmäßig Alkohol zu trinken. Solange das im legalen Rahmen und in Maßen geschieht, ist das ja auch in Ordnung.

Ich weiß, du hast das bestimmt schon tausendmal gehört: in der Schule und zuhause. Und du hast keinen Bock, dir jetzt von mir eine weitere Moralpredigt anzuhören. Verstehe ich. Aber ich würde das nicht tun, wenn es nicht so wichtig wäre. Deshalb bitte ich dich, weiterzulesen.

Menschen trinken Alkohol aus Genuss, um Spaß zu haben oder um schlechte Gefühle loszuwerden oder zu vergessen. In geringen Mengen wirkt Alkohol entspannend, angstlösend und stimulierend. Alkohol kann auch tatsächlich kurzfristig die Stimmung verbessern. Alkoholkonsum ist in Deutschland bei Erwachsenen akzeptiert und völlig normal.

Die Frage ist: Wann wird Alkoholkonsum zum Gesundheitsrisiko?

Tja, genau das ist das Problem: Du kannst nicht pauschal sagen, dass jemand ab 7 Bier oder 2 Flaschen Wein am Tag Alkoholiker ist. Die Grenzen verschwimmen. Was für den einen okay ist, kann für einen anderen schon Sucht sein.

Alkohol ist gefährlich, denn er wirkt als Zellgift und kann deine Organe zerstören. Wenn du Alkohol trinkst, geht er ins Blut über, verteilt sich in deinem ganzen Körper und kann deshalb alle Organe erreichen. Vor allem das Gehirn kann auf Dauer großen Schaden nehmen.

Eine Alkoholabhängigkeit zu besiegen, ist sehr schwer. Vor allem in einer Gesellschaft, in der es normal ist, dass überall Alkohol getrunken wird. Ich will nicht sagen, dass du nie trinken sollst. Ich will dich lediglich auf die realen Gefahren hinweisen. Pass bitte auf dich auf!

Wie kann ich mich auf den Führerschein vorbereiten?

Endlich ist es soweit. Du wirst bald 18 und kannst den Autoführerschein machen (oder dich vom begleiteten Autofahren verabschieden)! Dann kannst du endlich im Sommer locker zum See brausen oder kannst das Fahrrad im ungemütlichen Winter stehen lassen. Unabhängiger zu werden und auch mal allein weiter wegfahren zu können, ist wahrlich ein Grund zu feiern!

Wenn du den Führerschein erst noch machen musst, kannst du dich schon jetzt darauf vorbereiten, damit nichts schiefgeht, wenn es soweit ist. So kannst du sicher sein, dass du weder wertvolle Zeit noch Geld verschwendest. Denn die Durchfallquoten beim Führerschein sind hoch. Deshalb habe ich hier ein paar gute Tipps für dich, wie es bereits beim ersten Mal klappt.

Viele nehmen die theoretische Prüfung auf die leichte Schulter – tu das nicht! Nimm dir viel Zeit und gehe die Fragen immer und immer wieder durch. Du kannst im Alltag die allgemeinen Regeln üben, etwa wenn du bei Freunden oder Familienmitgliedern mitfährst. Außerdem gibt es Übungshilfen jetzt auch als App – so kannst du beispielsweise lästige Wartezeiten nutzen, um zu üben.

Wenn du die Theorie bestanden hast, geht es um die Fahrpraxis. Das ist aufregend und spannend. Für die praktische Prüfung kannst du nichts Theoretisches lernen, außer vielleicht technische Details zum Auto. Manche Prüfer stellen Fragen zur Beleuchtung, zu den Reifen oder den Kontrollleuchten. Sei darauf vorbereitet.

Es gibt Verkehrsübungsplätze, auf denen du unabhängig von deinen Fahrstunden das Fahren trainieren und Sicherheit gewinnen kannst. Einzige Voraussetzung ist, dass du von jemandem begleitet wirst, der selbst den Führerschein besitzt und dir sein Auto zur Verfügung stellt.

Drehe am Tag der Prüfung nicht durch und glaube fest an dich. Du schaffst das.

Meine Eltern lehnen meine Freunde ab – was soll ich tun?

Ich kenne deine Eltern nicht, aber ich gehe davon aus, wenn sie deine Freunde als schlechten Umgang für dich betrachten, dass sie sich einfach Sorgen um dich machen. Ob das gerechtfertigt ist oder nicht, ist eine andere Frage; und das solltest du mit ihnen klären.

Es gibt verschiedene Gründe, warum Eltern diese Meinung haben können. Kann es sein, dass du vielleicht Absprachen nicht eingehalten hast? Sind deine Schulnoten schlechter geworden? Oder hast du dich irgendwie verändert? Wahrscheinlich haben deine Eltern Angst, weil sie denken, dass deine (neuen) Freunde einen schlechten Einfluss auf dich haben könnten.

Wenn du möchtest, dass deine Eltern ihre Meinung ändern, solltest du als erstes versuchen, ihre Ängste und Sorgen zu verstehen. Finde heraus, woher ihre Ängste kommen. Suche also ein offenes und ehrliches Gespräch mit ihnen. Zeige Verständnis. Das wird ihnen übrigens auch zeigen, wie erwachsen du schon bist, und trägt zusätzlich dazu bei, dass dir deine Eltern bezüglich der Auswahl deiner Freunde künftig vertrauen werden.

Erkläre deinen Eltern, was dich an deinen Freunden so fasziniert, und warum sie deine Freunde sind. Vielleicht kannst du sie ihnen auch mal persönlich vorstellen. Wenn sie selbst merken, wie nett sie sind, sind sie mit großer Wahrscheinlichkeit wieder beruhigt.

Malala Yousafzai

Malala Yousafzai ist weltberühmt geworden, weil sie in die Schule gehen wollte. Ja, genau, du liest richtig! Malala ist in der Grenzregion zwischen Pakistan und Afghanistan aufgewachsen. Dort, wo die Taliban seit langem alles daran setzen, die Vorherrschaft an sich reißen, und Mädchen wie Frauen unterdrücken. Musikhören und zur Schule zu gehen, beispielsweise, war und ist dort keine Selbstverständlichkeit.

Malalas Vater ist überzeugter Bildungsaktivist. Das heißt, er setzt sich dafür ein, dass Mädchen auch in die Schule gehen dürfen. Und er ermunterte seine Tochter, mutig für ihre Rechte einzustehen.

Trotz der damit verbunden Gefahren schrieb sie also ein anonymes Tagebuch über den Alltag von Mädchen unter der Herrschaft der Taliban. Es wurde auf der Website des TV-Senders der BBC veröffentlicht. Ihr Tagebuch wurde so oft gelesen und die Menschen waren so berührt von ihrer Geschichte, dass sie für den Internationalen Kinder-Friedensnobelpreis vorgeschlagen wurde. Diese Ehrerweisung führte dazu, dass ihr Name bekannt wurde.

Den Taliban war sie ein Dorn im Auge und Malala wurde deshalb im Oktober 2012 Opfer eines Anschlages der Taliban. Sie wollten Malala töten und schossen ihr gezielt in den Kopf. Malala war damals erst 14 Jahre alt. Sie überlebte.

Dieser Tag änderte ihr Leben. Sie wurde zur Behandlung nach Großbritannien gebracht und seitdem lebt sie dort mit ihrer Familie. Ihr Traum wurde wahr und sie studierte in Oxford. Seitdem kämpft sie dafür, dass Mädchen weltweit das Recht auf Bildung haben. 2014 erhielt sie

schließlich den Friedensnobelpreis – sie ist die jüngste Kandidatin, die diesen jemals verliehen bekam.

Ihre Geschichte zeigt, dass du alles schaffen kannst und dass es wichtig ist, nicht nur für sich und seine Rechte einzustehen, sondern auch für die der anderen.

Sophie Scholl

Sophie Scholl war eine tapfere und mutige junge Frau, die gegen die Nazis kämpfte. Zusammen mit ihrem Bruder Hans und studentischen Freunden war sie Teil der Widerstandsbewegung „Weiße Rose“. Sie kämpften mit aufklärenden Flugblättern im Deutschland der 1940er-Jahre gegen das Nazi-Regime und die Politik Hitlers. Im Jahr 1943 wurden Sophie Scholl und die anderen Widerstandskämpfer dafür zum Tode verurteilt und hingerichtet.

Sophie kannte das Risiko und ihr war bewusst, dass ihr bei Ergreifung der Tod bevorstehen würde. Dennoch hatte sie sich dafür entschieden, sich aktiv gegen das Regime zu stellen. Sie hatte die Hoffnung, all den Menschen, die Hitler blind folgten, die Augen öffnen zu können. Sie kämpfte gegen die Ungerechtigkeiten, die den jüdischen Menschen widerfuhren. In ihren Flugblättern sprach sich die Gruppe klar gegen Hitler und seine Politik aus. Sie verschickten diese, legten sie in Telefonzellen und hefteten sie an parkende Autos. Sie verteilten sie auch an der Uni in München. Befreundete Studenten verbreiteten sie in weiteren Städten.

Die Gestapo suchte über ein Jahr nach den Verfassern der Flugblätter. Als sie ihr 6. Flugblatt an der Uni in München auslegten, wurden sie vom Hausmeister beobachtet, der sie daraufhin verriet. Sie wurden umgehend festgenommen.

Bis heute sind Sophie und ihr Bruder Hans ein Symbol für gewaltlosen Widerstand gegen ungerechte politische Machenschaften. Ihr Mut war einzigartig und ist bewundernswert.

Sally Ride

Sally Ride war die erste amerikanische Frau im Weltall. Sally wurde 1951 geboren. Nach ihrer Schulzeit ging sie an die Uni und studierte Physik. Sally war eine überzeugte Wissenschaftlerin. Aber das war ihr nicht genug, und als die NASA im Jahr 1977 nach weiblichen Astronauten suchte, bewarb sie sich und wurde tatsächlich gemeinsam mit 6 weiteren Frauen für eine Weltraum-Mission ausgebildet. Das war sehr besonders, da es bis zu diesem Zeitpunkt in Amerika keine weiblichen Astronauten gab.

Sie war so engagiert und motiviert, dass sie im Jahr 1983 dann als erste amerikanische Frau ins All geschickt wurde. Auf der Mission war es ihre Aufgabe, einen robotischen Arm zu steuern, um Satelliten ins Weltall zu schicken. 1984 flog sie das 2. Mal ins All.

Im Jahr 1987 beendete sie ihre Karriere als Astronautin und begann, an einer Universität in Kalifornien zu unterrichten. Wieder war ihr das nicht genug. Motiviert durch ihre eigenen Erfahrungen, was man als Frau alles erreichen kann, wenn man an sich und seine Fähigkeiten glaubt, wollte sie in Zukunft Mädchen dabei unterstützen, Mathe oder Naturwissenschaften zu studieren. Sie schrieb außerdem wissenschaftliche Bücher für den schulischen Bereich.

Sally Ride hat uns gezeigt, dass man sogar scheinbar Unmögliches erreichen kann, wenn man es nur will. Durch ihre zielorientierte Vorgehensweise und den Glauben an sich selbst konnte sie ihre Ziele erreichen.

Frida Kahlo

Frida Kahlo war nicht nur eine bemerkenswerte Frau, sondern auch eine herausragende Künstlerin.

In Lateinamerika ist sie bis heute ein gefeiertes Vorbild für viele Frauen. Vor allem ihre außergewöhnlichen Selbstportraits sind kennzeichnend. Insgesamt schaffte sie in ihrem Leben 143 Werke. Mit ihnen drückte sie die Erfahrungen in ihrem Leben und ihr Leiden aus. Neben der Kunst war sie auch sehr stark an Politik interessiert.

Frida Kahlo hatte es in ihrem Leben sehr schwer. Seit ihrem 6. Lebensjahr litt sie an Kinderlähmung. Dadurch war ihr rechtes Bein kürzer und sie konnte sich nur humpelnd fortbewegen. Zudem hatte sie kurz nach ihrem 18. Geburtstag einen Busunfall, bei dem ihr Becken schwer verletzt wurde. Eine Zeit lang war sie immer wieder darauf angewiesen, ein Stahlkorsett oder einen Ganzkörpergips zu tragen. Doch es war Glück im Unglück, denn ihr Vater brachte ihr eine Staffelei und Pinsel mit ins Krankenhaus. Damit legte er den Grundstein für ihre Kunst.

Für Frida Kahlo war die Kunst eine Art Selbsttherapie. Die Kunst gab ihr so viel Kraft, dass sie nie daran dachte aufzugeben. Durch ihre mentale Stärke lernte sie unerwarteterweise wieder das Laufen. Dennoch hatte sie ihr Leben lang mit Schmerzen zu kämpfen und konnte keine Kinder bekommen. Mit Drogen und Alkohol versuchte sie, diese zu bekämpfen.

Schnell wurde Frida für ihre Kunst bekannt und sie feierte große Erfolge. Leider hatte sie bei den Männern nicht so viel Glück. Ihr erster Ehemann, der Maler Diego Rivera, hatte viele Affären, unter anderem mit ihrer Schwester. Sie trennte sich nach 10 Jahren von ihm. Sie wollte ein eigenständiges Leben führen und über sich selbst bestimmen. Auf Reisen suchte sie das Abenteuer. Ein Jahr nach der Scheidung heiratete sie Rivera erneut.

Ihre Wirbelsäule machte Frida immer mehr Probleme. Weil sie die Schmerzen nicht aushielt, wurde sie viele Male operiert. Das hatte zur Folge, dass sie im Rollstuhl sitzen musste. Kurz nach ihrer wohl größten Ausstellung verstarb Frida Kahlo am 13. Juli 1954.

Das Leben von Frida Kahlo zeigt dir, dass man auch durch starke körperliche Einschränkungen nicht aufgeben muss, sondern Großartiges schaffen kann. Es ist wichtig, an die eigene Stärke zu glauben. Frida Kahlo war eine sehr starke Frau, die sich nichts gefallen ließ und Wege fand, erschütternde Erfahrungen künstlerisch zu verarbeiten und öffentlich zu zeigen. Diese emotionale Offenheit war es, die ihr zu einem unglaublichen Erfolg verhalf.

Hedy Lamarr

Hedy Lamarr (geboren als Hedwig Eva Maria Kiesler) war nicht nur eine berühmte Schauspielerin, sondern auch eine hochintelligente Frau und Erfinderin. Schon mit 5 Jahren soll sie eine Spieluhr auseinandergebaut haben, um zu sehen, wie sie funktioniert. Doch das Wichtigste war für sie zunächst, Schauspielerin zu werden, was sie erfolgreich durchzog. Ihre Karriere in Hollywood lief bestens, doch als sie auf dem Höhepunkt war, entschied sie, noch mehr aus ihrem Leben zu machen, und begann, sich mit technologischen Erfindungen zu beschäftigen. Eine ihrer Erfindungen gilt heute als Grundlage für die Entwicklung des Bluetooth.

Hedy war eine außergewöhnliche Frau mit vielen Talenten. Sie war eine selbstbewusste Frau, die wusste, was sie wollte, und ihren Weg ging. Sie ließ sich nicht von den Skandalen, Männern oder Vorurteilen, die ihr Leben begleiteten, beirren. Sie machte, was sie wollte. Ihr Ziel war es außerdem, die Zukunft des Lernens zu revolutionieren. Sie ermutigte insbesondere junge Mädchen, Informatik als buntes, kreatives Werkzeug zu sehen, das die Welt verbessern kann.

Sie war ein Vorbild für viele Mädchen und Frauen, weil sie zeigte, wie man seinen Weg geht. Sie war nicht nur schauspielerisch ein Ausnahmetalent, sondern auch eine der ungewöhnlichsten Erfinderinnen aller Zeiten.

Rosa Parks

Rosa Parks ist ein starkes Vorbild für Zivilcourage. Sie war 42 Jahre alt, als sie sich am Abend des 1. Dezembers 1955 weigerte, ihren Sitzplatz für einen weißen Mann freizumachen – das war in einer Zeit, als es viele Regeln und Verbote für Schwarze Menschen gab, außerordentlich mutig. Damals galt die sogenannte Rassentrennung. Damals waren Diskriminierungen an der Tagesordnung. So gab es zum Beispiel in Bussen Regeln, wohin sich Schwarze Menschen setzen durften und welche Plätze für sie verboten waren. Doch Rosa wollte das nicht mehr hinnehmen und weigerte sich mit einem klaren „Nein", als sie ein weißer Mann aufforderte, ihm ihren Sitzplatz zu geben.

Sie wurde daraufhin festgenommen und verurteilt. Doch dank ihrer Standhaftigkeit und den darauffolgenden Protesten wurden die Gesetze geändert. Ihr restliches Leben setzte sie sich mit all ihrer Hartnäckigkeit und Widerstandskraft für Wahlrecht, Frauenrechte und Rechte von Menschen in Gefängnissen ein.

Rosa Parks ist ein wunderbares Beispiel dafür, wie eine anfänglich kleine Tat Großes bewirken kann, wenn du nur Mut beweist und dir nicht alles gefallen lässt. Es kann beflügelnd für das weitere Leben und Wirken sein.

Billie Eilish

Wenn du gern Musik hörst, kennst du bestimmt Billie Eilish. Außer dass sie eine US-amerikanische Singer-Songwriterin mit unter anderem 7 gewonnenen Grammys und sogar einem Oscar ist, ist sie vor allem sie selbst und wir alle können uns ein Beispiel an der Art ihres Auftretens und ihrer Einstellung zum Leben nehmen.

Billie hat ihren ganz eigenen Stil: Sie will nicht gefallen, sondern sich ausdrücken und sie selbst sein. Sie ist mutig und probiert Neues gern aus, ohne darauf zu achten, wie es andere finden. Billie hasst es, nur nach ihrem Aussehen beurteilt zu werden. Deshalb trug sie lange Zeit sehr weite Klamotten, um zu verhindern, dass sie auf ihren Körper reduziert wird.

Billie kennt auch die Schattenseiten des Lebens. Sie selbst leidet unter ADHS und dem Tourette-Syndrom. Mit ihrer Musik und Selbstinszenierung will sie nicht nur ihre eigenen Selbstzweifel und Ängste zum Ausdruck bringen, sondern die einer ganzen Generation. Sie will bewusst ein Vorbild sein. Und sie traut sich zu zeigen, dass nicht immer alles rosig ist. So vermittelt sie ihren Fans, wie das Leben tatsächlich ist.

In ihrer Musik geht es um echte Emotionen, die wir alle kennen. Sie ist authentisch und ehrlich und lässt uns daran teilhaben. Dabei vermittelt sie vielen Menschen das Gefühl, mit den ganzen Problemen nicht allein zu sein.

Mit ihrem unangepassten Stil und offenen Umgang mit ihren Emotionen durchbricht sie nicht nur in der Popwelt konventionelle Grenzen. Billie möchte ein Vorbild für Groß und Klein sein, indem sie uns zeigt, dass wir uns so zeigen dürfen, wie wir sind.

Simone Biles

Simone Biles wurde als Kind von ihren Großeltern adoptiert, weil sich ihre drogenabhängige Mutter nicht um sie und ihre Geschwister kümmern konnte. Sie hatte also einen sehr schweren Start ins Leben. Mit 6 Jahren besuchte Simone das 1. Mal einen Turnverein. Sofort fiel den Trainern ihr Talent auf und begannen, sie zu fördern.

Simone ist zwar von kleiner Statur, aber ein richtiges Energiebündel. Sie hat ein unglaubliches Gespür für Bewegungsabläufe und Timing. Es war bald klar, dass sie Profiturnerin werden wollte. Im Jahr 2016 erlangte sie bei den Olympischen Spielen Weltruhm, weil sie gleich 4 Goldmedaillen gewann. Grund dafür war unter anderem, dass sie mit einer Figur antrat, die seitdem ihren Namen trägt und die nur sie beherrscht: „The Biles"; ein doppelter Salto mit einer halben Drehung.

Sie ist außerdem die erste Turnerin, die den Weltmeistertitel im Mehrkampf dreimal in Folge für sich entscheiden konnte. Mit 19 Goldmedaillen, drei Mal Silber und Bronze ist sie heute als die erfolgreichste Turnerin aller Zeiten bekannt.

Simone Biles ist durch ihre Erfolge ein sportliches Vorbild. Durch Talent, Durchhaltevermögen und Willenskraft konnte sie so viel erreichen.

Was aber viel wichtiger ist: Sie nutzt ihre Bekanntheit und ihre Reichweite, um Stellung zu beziehen und auf soziale Ungerechtigkeiten hinzuweisen, etwa indem sie die Black-Lives-Matter-Bewegung unterstützt.

Sie hatte außerdem den Mut, den sexuellen Missbrauch durch den früheren Arzt des US-Turnteams, Larry Nassar, öffentlich zu machen. Neben weiteren prominenten Turnerinnen äußerte sie sich hierzu im Rahmen der Bewegung #metoo und thematisierte auch das Fehlverhalten des Turnverbandes. Sie berichtete von den Funktionären, die mitwissend waren und sie selbst und andere Betroffene dennoch nicht geschützt hatten. Ihr Mut, über die Erlebnisse zu sprechen, trug unter anderem dazu bei, dass der Arzt endlich verhaftet wurde.

Biles unterstützt inzwischen Mädchen und Frauen dabei, ihre sportlichen Ziele anzugehen und zu erreichen. In Kooperation mit einer Sportbekleidungsmarke ermöglicht sie Finanzierungsmöglichkeiten und Programme.

Jawahir Roble

Jawahir Roble möchte vor allem ein Vorbild für muslimische Mädchen sein. Sie möchte sie dazu ermutigen, Sport zu wagen. Es ist ihr Traum, dass eines Tages alle muslimischen Frauen und Mädchen unbeschwert Sport treiben können.

Sie ist selbst Muslimin und kam als Flüchtling aus Somalia nach Großbritannien. Dort lebte sie mit ihren Eltern und acht Geschwistern in der Nähe von London. Jawahir ist eher klein gewachsen und trägt ein Kopftuch. Würde man sich an gängigen Stereotypen orientieren, hätte wohl keiner erwartet, dass sie Schiedsrichterin im Fußball wird. Und das ist nicht der einzige Grund, sie zum Vorbild zu nehmen: Sie ist zudem auch noch Schiedsrichterin im Männerfußball! Dank ihr dürfen wir erleben, dass es keine geschlechterspezifischen Berufe gibt und Gleichberechtigung ausnahmslos für alle gilt.

Rihanna

Auch Rihanna ist eine echte Powerfrau. Während sie mit ihrer Musik Millionen Menschen auf der ganzen Welt begeistert, hat sie nicht vergessen, woher sie kommt. Für ihr soziales Engagement auf ihrer Heimatinsel wurde sie sogar mit einem Preis ausgezeichnet. Sie setzt sich vor allem für die Bildung und die Gesundheit der Menschen ein.

Auch für gewaltbetroffene Frauen und Mädchen möchte Rihanna ein Vorbild sein. Nachdem sie von ihrem ehemaligen Freund Chris Brown gewalttätig angegriffen wurde und öffentlich bekanntgemacht hatte, dass sie zu einem Opfer häuslicher Gewalt wurde, machte sie es zu einem ihrer Ziele, sich für Betroffene einzusetzen. Durch ihr persönliches Beispiel will sie aufrütteln, warnen und Möglichkeiten zeigen, sich aus der Gewaltspirale zu befreien.

Rihanna ist auf der einen Seite eine unglaublich talentierte Sängerin. Trotz ihres Ruhms zeigt sie aber auch ihre empathische und zerbrechliche Seite. Sie ist ein Vorbild, weil sie zu sich steht, ihre Schwächen offen zeigt und darüber hinaus regelmäßig für gute Zwecke spendet.

Wie lerne ich, Ordnung zu halten?

Wer kennt es nicht, das leidige Thema des Aufräumens und der Aufrechterhaltung der Ordnung. Mit folgenden einfachen Tipps brauchst du dich nie wieder zum Aufräumen quälen. Denn das lästige stundenlange Aufräumen hat damit ein Ende.

Als erstes geht es darum, noch einmal eine Grundordnung zu schaffen und richtig zu entrümpeln. Je weniger Kram in deinem Zimmer herumsteht, desto seltener musst du in Zukunft tun, um Ordnung zu halten. Gib alles weg, was du seit einem halben Jahr (oder länger) nicht mehr genutzt oder angezogen hast. Weg mit den nervigen Staubfängern. Gehe beim Aufräumen in kleinen Schritten voran. Widme dich jeder Schublade und jedem Fach einzeln. Damit du nichts vergisst, kannst du dir vorher eine To-do-Liste erstellen. Versuche, Oberflächen freizuhalten, denn dort sammelt sich immer ganz schnell von allein wieder Zeug an. In einem aufgeräumten Zimmer lebt und schläft es sich viel besser – deshalb brauchst du nach dem großen Aufräumen „nur“ noch Ordnung halten.

Ordnung halten leicht gemacht:

- Miste regelmäßig aus.
- Kaufe nicht gleich alles, was du siehst. Denke bei jeder Anschaffung darüber nach, ob du es wirklich brauchst.
- Finde einen festen Platz für alles, was es in deinem Zimmer gibt. Besonders gut klappt das, wenn du Kisten, Schachteln, Ordner, Körbe usw. nutzt, um dein Zeug zu ordnen.

Auf diese Weise lässt es sich nach der Benutzung wieder einfacher aufräumen.

→ Räume täglich 5 bis 10 Minuten auf. Absoluter Profitipp: Erstelle dir eine kleine „Aufräum-Playlist". Entscheide dich für einen festen Aufräum-Zeitraum am Tag, zum Beispiel kurz bevor du am Morgen das Haus verlässt. Dann schaltest du die Playlist an und räumst genau für die Dauer von 2 Liedern auf. Wenn du das wirklich jeden Tag machst, wird dein Zimmer nie wieder im kompletten Chaos versinken.

Raus von zu Hause – was bedeutet das wirklich?

Wahrscheinlich kannst du es kaum erwarten, endlich in deinen eigenen 4 Wänden zu wohnen. Für die meisten jungen Menschen ist die erste eigene Wohnung ein langersehntes Ziel. Das ist verständlich, denn das bedeutet mehr Unabhängigkeit, Freiheit und das Gefühl des Erwachsenseins. Doch ist das wirklich schon alles? Was bedeutet eine eigene Wohnung denn noch?

Eine eigene Wohnung beinhaltet auch Verantwortung, Pflichten, Kosten und Arbeit. Schließlich musst du deinen Haushalt ganz allein schmeißen, putzen, kochen und das Geld für die Miete verdienen. Hier eine kleine Checkliste mit Dingen, um die du dich in deiner eigenen Wohnung kümmern solltest. Wenn du diese berücksichtigst und dich frühzeitig darum kümmerst, kannst du dich entspannt zurücklehnen und die neu gewonnene Freiheit genießen.

→ Schließe die richtigen Versicherungen ab.

→ Zahle deine Miete immer pünktlich.

- Halte dich an die Hausordnung, damit du deine Nachbarn und/oder den Vermieter nicht verärgerst.

- Melde Mängel in der Wohnung sofort, wenn du sie feststellst.

- Heize ausreichend – Heizkosten sparen ist zwar wichtig, aber wenn du gar nicht heizt, kann es passieren, dass Wasser- oder Heizungsrohre im Winter zufrieren oder Schimmel entsteht.

- Vermiete deine Wohnung nicht an andere weiter und lasse auch niemand bei dir wohnen, ohne vorher mit deinen Vermietern zu sprechen.

Was darf ich ab welchem Alter?

In Deutschland gibt es ein Jugendschutzgesetz, welches dem Wohl von Kindern und Jugendlichen dient. Das heißt, dass diese Gesetze Kinder und Jugendliche schützen sollen. Doch welche Gesetze gelten für dich?

O Discos und Clubs

Wenn du älter als 16 bist, darfst du (ohne Begleitung) bis 24 Uhr in Clubs und Discos tanzen. In Nachtbars oder Nachtclubs darfst du dich vor deinem 18. Geburtstag nicht aufhalten.

O Kino

Bei Filmen gibt es verschiedene Altersbeschränkungen, die angeben, ab welchem Alter ein Film angesehen werden darf. Es gibt dafür die Einstufungen der Freiwilligen Selbstkontrolle der Filmwirtschaft (FSK): Sie geben an, ob ein Film ab 0, 6, 12, 16 oder 18 Jahren freigegeben ist. Auch wenn ein Erziehungsberechtigter dabei ist, ändert das nichts daran. Wenn du älter als 16 bist, darfst du auch ohne Begleitung zu Filmvorführungen, wenn sie spätestens um 24 Uhr enden (vorausgesetzt, die FSK passt).

O Gaststätten

Wenn du älter als 16 bist, darfst du dich ohne Begleitung zwischen 5 Uhr und 24 Uhr in Gaststätten aufhalten.

○ Alkohol

Für verschiedene Getränke gelten verschiedene Regeln. Wenn du älter als 16 bist, darfst du Bier, Wein und Sekt, aber keine Spirituosen oder alkoholische Mixgetränke konsumieren.

○ Energy Drinks

Für Energy Drinks gibt es im Moment noch keine Regeln. Es gibt aber Händler, die sich dazu entschließen, Energy Drinks nur an Volljährige zu verkaufen.

○ Rauchen

Wenn du unter 18 bist, darfst du nicht rauchen. Dazu zählen auch E-Zigaretten, Shishas und E-Shishas.

○ Tattoos und Piercings

Derzeit gibt es für Tätowierungen und Piercings in Deutschland keine gesetzliche Altersgrenze. Denk aber daran, dass du zuhause ordentlich Ärger bekommen kannst, wenn deine Eltern nicht eingeweiht sind.

Wie gehe ich mit Menschen um, die ich nicht mag?

Eines schon mal vorweg: Du musst nicht jeden Menschen mögen. Es ist völlig okay und auch normal, wenn die Vibes nicht bei jedem passen.

Früher oder später wirst du in die Situation kommen, dass du mit Menschen Zeit verbringen oder arbeiten musst, die du vielleicht nicht magst. Manchmal kannst du diesen Menschen dann nicht aus dem Weg gehen. Zum Beispiel, weil es Kollegen, Nachbarn oder Familienmitglieder sind. Wichtig ist, dass du ihnen gegenüber trotzdem positiv bleibst. Lasse dich nicht dazu hinreißen, unfreundlich zu sein, denn das könntest du später bereuen. Hier sind ein paar Tipps für einen harmonischen Umgang im Miteinander:

1. Halte die Begegnungen möglichst kurz. Sei freundlich, aber dehne das Gespräch nicht unnötig aus.

2. Sprich klar über deine Grenzen. Wenn du zum Beispiel einen Nachbarn hast, der mit dir immer über Wurst reden möchte, obwohl du Vegetarierin bist, kannst du ihm klar sagen, dass du nicht darüber sprechen möchtest.

3. Versetze dich in dein Gegenüber.

4. Wechsele das Thema. Nervt es dich, worüber eine Person spricht? Versuche einfach, das Thema zu wechseln – freundlich, aber bestimmt.

5. Wenn möglich, halte Distanz. Versuche, der Person aus dem Weg zu gehen.

6. Bleibe positiv, wenn es eine negative Begegnung gab. Atme tief ein und entspanne dich. So kannst du verhindern, die Kontrolle zu verlieren.

7. Sei freundlich. Versuche, so nett und herzlich zu sein, wie du kannst. Vielleicht verändert sich dadurch sogar das Verhältnis zwischen euch.

8. Sprich immer von dir, statt einer anderen Person Vorwürfe zu machen.

9. Nimm es nicht persönlich. Du weißt jetzt, wie du mit Menschen freundlich umgehen kannst, obwohl du sie nicht magst. Das weiß aber nicht jeder. Nimm es also nicht persönlich, wenn jemand seinen Frust an dir auslässt.

Wie argumentiere ich richtig?

In deinem Leben gibt es wahrscheinlich schon jetzt viele Situationen, in denen du dich erklären oder deine Meinung rechtfertigen musst. Ich habe hier ein paar Tipps für dich, wie du überzeugend argumentieren kannst. Das kann dir auch in Zukunft, zum Beispiel bei der Arbeit, helfen.

So geht es:

- Als erstes solltest du dir immer deine eigene Meinung bilden. Denn nur dann kannst du auch überzeugend argumentieren.

- Formuliere deine Meinung klar und so kurz wie möglich. So kannst du sichergehen, dass jeder versteht, worum es geht.

- Sprich die gleiche Sprache wie dein Gegenüber, damit du verstanden wirst. Vor deinen Klassenkameraden kannst du anders argumentieren als vor deinen Eltern, achte also auf deine Wortwahl.

- Höre deinem Gegenüber genau zu und gehe auf das Gesagte ein.

- Präsentiere nicht gleich alle deine Argumente. Hebe dir welche für die weitere Diskussion auf und bringe dein bestes Argument erst zum Schluss.

- Untermauere deine Meinung mit Beispielen und Fakten. Das macht deine Argumentation anschaulicher, glaubwürdiger und überzeugender.

- Rede nicht zu lange um den heißen Brei herum, sondern komme schnell auf den Punkt.

Extra: Das solltest du mal ausprobieren!

Weißt du, was eine Bucketlist ist? Es ist eine Liste mit all den Dingen, die du erleben und machen möchtest. Typische Titel für Bucketlists sind zum Beispiel: „Things to do before I die“ oder „Things to do before 30“. Wie wäre es mit einer Liste mit Dingen, die du realisieren möchtest, bevor du 18 wirst?

Du kannst so eine Liste allein, mit Freunden oder mit der Familie anlegen. Die Entscheidung liegt ganz bei dir. So könnte deine Bucketlist aussehen:

- Ein Date mit mir selbst: Ich mache mich schick und gehe allein in ein Restaurant oder ins Kino.
- Ich engagiere mich! Zum Beispiel im Altersheim, indem ich mit Hunden aus dem Tierheim spazieren gehe oder indem ich eine Demo gegen Ungerechtigkeiten organisieren helfe.
- Ich schreibe einen Brief an mein Zukunfts-Ich.
- Eine Zeitkapsel mit Dingen, die mir wichtig sind, befüllen und vergraben, und ein Datum festlegen, an dem ich sie wieder ausgrabe.
- Einen Tag lang immer „Ja“ sagen und beobachten, was passiert. (Ausnahmen: Bejahungen gefährlicher Situationen.)
- Etwas Neues Lernen: Instrument, Stricken, eine Sprache oder eine Sportart.
- In der Öffentlichkeit singen (Karaoke, Wettbewerb, Stadtfest)
- Eine Ansprache vor vielen Menschen halten.

- Schlechte oder lustige Flirtsprüche bei fremden Menschen testen.
- 50 Tage lang vegetarisch ernähren.
- Mindestens einer anderen Person sagen, was sie mir bedeutet.
- „Free Hugs“ verteilen, so oft es geht.
- In Badesachen in den Schnee springen, als wäre es ein Pool im Sommer.
- Meinen Eltern danken, dass sie mich immer noch ertragen.
- Zeit mit meiner Familie verbringen und genießen.
- …

Bildnachweise

©Blue Foliage	#64844529	©lindybug	#373881589
©drawlab19	#328448739	©OdetaBlue	#534934362
©Eva Kali	#273946342	©olga	#464983167
©IconWeb	#119441454	©olodaria	#570547999
©katyau	#70224015	©veekicl	#135237810
©leo_d	#289993051	©veekicl	#157227415

Impressum

Stanislaw Schöner,
Dr.-Hans-Liebherr-Straße 36/1, 88416 Ochsenhausen.
Layout & Satz: Julia Grün

1. Auflage 2023
ISBN: 978-3-949675-57-7

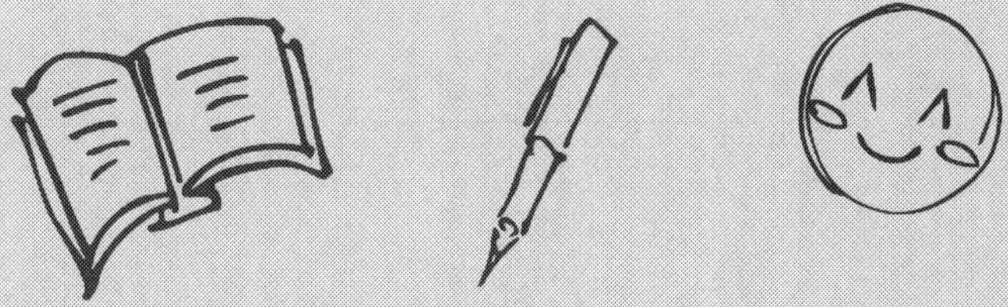

Bevor du das Buch weglegst, noch eine Bitte!

Es gibt viele tausend Ratgeber und oft ist es schwer, den für sich passenden zu finden. Hilfreich sind hierbei ehrliche und aussagekräftige Rezensionen. Daher ist unsere Bitte:

Hilf anderen Kunden, unseren Ratgeber zu finden und erleichtere ihnen die Kaufentscheidung.

Nimm dir einen Moment Zeit und logge dich auf Amazon ein.

Navigiere zu »Meine Bestellungen« und klicke neben dem Buchtitel auf »Schreiben Sie eine Produktrezension«.

Vielen Dank!

PS: Bei weiteren Fragen oder Anregungen erreichst du uns auch unter verlags.kontakt@gmail.com.

Printed in Germany
by Amazon Distribution
GmbH, Leipzig

31777279R00084